林海音文集

晓云

林海音

江苏凤凰文艺出版社
JIANGSU PHOENIX LITERATURE AND ART PUBLISHING, LTD

图书在版编目（CIP）数据

晓云 / 林海音著. — 南京：江苏凤凰文艺出版社，2017.5（2022.5 重印）
（林海音文集）
ISBN 978-7-5399-9255-6

Ⅰ. ①晓… Ⅱ. ①林… Ⅲ. ①中篇小说－小说集－中国－当代②短篇小说－小说集－中国－当代 Ⅳ. ①I247.7

中国版本图书馆 CIP 数据核字(2016)第 097173 号

书　　名	晓云
著　　者	林海音
责任编辑	胡　泊　孙建兵
出版发行	凤凰出版传媒股份有限公司 江苏凤凰文艺出版社
出版社地址	南京市中央路 165 号，邮编：210009
出版社网址	http://www.jswenyi.com
经　　销	凤凰出版传媒股份有限公司
印　　刷	三河市华东印刷有限公司
开　　本	880×1230 毫米 1/32
印　　张	8.75
字　　数	163 千字
版　　次	2017 年 5 月第 1 版　　2022 年 5 月第 2 次印刷
标准书号	ISBN 978-7-5399-9255-6
定　　价	58.00 元

一

晶晶一定是个聪明乖巧的女孩，从她的活泼的举止和那对大眼睛听讲时的神气，就可以看出来。但是晶晶的妈妈和晶晶并不相像，她的眼梢微微向上翘着，眼睛虽然小，却也很俏丽的。此外，晶晶是圆脸型，她的妈妈是长脸型，女儿的眉毛浓，妈妈是淡扫蛾眉。两人除了都具有整洁的牙齿外，实在看不出这对母女有什么相似的地方。

今天是我第一天来做梁晶晶的家庭老师。我讲功课的时候，梁太太几乎没有离开这书桌，表面上是不时地督促晶晶注意听讲，我却猜得出，她是在考查这位家庭老师的能力如何。当然，她只有这么一个女儿，疼爱是必然的，但也由此可见她的精神和能干。

功课讲完以后，梁太太已经吩咐叫做阿兰的女工给我拿来湿毛巾和一杯热可可，两片从电烤炉烤出来的面包。梁太太殷勤地请我擦了手就吃。我觉得很难为情，因为可可和面包只拿来一份，分明是只要我一个人吃的。连阿兰算上，我怎么能让三个人看我一个人吃东西呢！所以我局促地没有动它。我第一天来到这陌生的家庭，心情多少有些紧张，对于饱饿已不太有感觉了。而且在自己的家里，我只有被妈妈一个人看着我独自吃东西的习惯。

"不要客气呀！夏小姐。"梁太太又把碟子朝我面前轻轻推了推。

我只好一边伸手去拿了一片面包，一边笑笑说："那么——

您呢?”

“我吗,弗要客气,我晚饭吃过不久。”

“晶晶,你呢?”我又问还在低头整理笔记的晶晶。

“她吗,她不要吃喽,晚饭吃太多喽!”妈妈替她回答了,但是晶晶一扭腰,一斜头,伸出手到面包碟里,淘气、娇憨地向妈妈要求着:

“我要!”

妈妈也宽恕地瞪了一眼说:“好罢,第一天,陪老师吃一片吧!不然爸爸回来要骂你啊!”

晶晶左手拿了面包,右手仍在拿笔写什么,我伸头一看,原来她在笔记簿封面上的“老师”那一栏填上了“夏小云”三个字,然后递给我看,并且口中喃喃地念叨着:

“夏小云,夏天一朵小小的云儿!”说完她又淘气地向我笑了。

“错了,你把我的名字写错了一个字。”我放下面包,拿起笔来在一页空白的纸上写了“夏晓云”三个字,然后我也笑着念道:

“夏天早晨的一朵云儿!”

“啊!原来是这个晓字呀!我晓——得了!我晓——得了!”她把晓字故意拉长声念得重重的,然后咯咯地笑了。

晶晶的确是一个逗人喜欢的孩子,我对梁太太说:

“晶晶将来是个女诗人。”

“我不要做!”

“你一定要做，而且是一颗‘亮——晶——晶’的女诗人。”我也把她的名字念出来，我们都轻松地笑了。

梁太太在一旁用一种仿佛欣赏的眼光望着我们微笑。不知道她有多大年纪，应当比妈妈还大的样子，但是她的生活优渥，人又精明，打扮得头光脚亮，非常整洁，比起散懒的妈妈来，却又仿佛年轻些呢！

梁太太是着意修饰过的，她梳着一个非常合她身份和年龄的发型。头发整齐而不呆板地全部向后拢，后面略高地挽起一个松松的髻，斜插着一根圆珠簪。在街上常常看见这样打扮的中年妇女，她们大半穿着入时，坐着自用三轮车。梁太太正是这类型的。如果妈妈肯把她的发型也改成这样，我相信她会比梁太太年轻好多。但是我如果劝妈时，她一定会说：“我这样打扮干吗？打扮了给谁看？”唉！如果爸爸还活着，也许她就不会这样了，一个女人没有了丈夫，难道一切就变得不同了吗？男人会这么重要？

我从妈妈又想起一件事来，便对晶晶说：

“其实我也可以叫小云的，因为我妈妈的名字叫曼云，她生下了我，就随便叫我小云小云的，后来上学了，才正式地起名叫晓云。”

“你的妈妈一定是怕你上学以后不爱写字，所以给你改一个比较难写的字……”

梁太太听了连忙制止她：“晶晶！不能这么没规矩！”晶晶吐了一下舌头，不敢再说了。

“没关系，”我向梁太太笑笑，又回过头来对晶晶说，“妈妈生下我，是正在天刚亮的早晨，所以起名晓云，不是很合适吗？”

“早晨的云，又是什么样子呢？”

“早晨的云如果被太阳照着，也像晚霞一样有着玫瑰般的红色。但是晚霞的颜色是浓的，朝霞就不同了，那淡淡的玫瑰红，像一块轻纱披在少女的头上……”

“好美哟！”晶晶也听得如入梦幻中，直着眼看我的脸，“就像你的嘴巴那样淡淡的玫瑰红色吧！”

我给晶晶这样一说，很不好意思，我摸着自己微热的面颊，忽然想起我的两颊的玫瑰红色，实在并不是好的象征，每天上午，我的脸是苍白的，到了下午，就慢慢地泛起了一层红晕，它是很明显的一种病状，晶晶也许不会知道，怎能瞒过梁太太呢？我很怕被她看出，便假装对晶晶说：

“我今天搽了过多的胭脂。对了，我再给你讲个故事：古时候有一个皇帝，他宠爱着一个美丽的女人。有一天皇帝做了一架水晶的屏风，放在书房里，他就坐在屏风后面，那美丽的女人进来了，直朝皇帝走去，竟没有注意前面有一架屏风，结果她的脸碰在屏风上了，受伤的面颊竟红得像刚要散去的早晨的云霞，更加美丽了。于是皇宫里的女人们都学着她用胭脂来搽脸。女人脸上化妆搽胭脂，就是这么个由来呀！”

晶晶听得很有趣，不住地看着她的妈妈和我的脸，然后说：

“妈妈和你都搽了胭脂，假装碰在水晶屏风上受伤！”

“好了，夏小姐很会讲故事，你也该让夏小姐回家啦！”梁太太这样说，我不由得看看腕表，可不是，已经九点半了，讲好的是每天晚上七点到九点补习两小时，现在竟多饶了半小时讲故事。

我从椅子上站起身，回过头来才发现，搭在座椅背上的一件很讲究的花条缎子男寝衣，已经被我坐压得皱巴巴的了。我想这一定是男主人的衣服，等他回来穿着的时候，不定怎么骂我呢！

梁太太很周到，她要叫阿兰给我喊车子，说是外面在下着牛毛小雨。我一定不肯，告诉她说，我家离这里，可说是一水之隔，过了川端桥，就几乎到我家了。而且我也带了雨衣。

晶晶又说了一句淘气话：“很远哟！你现在要从台北县回到台北市去呢！”

我笑着拍拍晶晶的头。她发育得很好，个子高得快赶上妈妈了，两肩平宽，并没有被学校的矮小课桌折驼了背。梁太太则是娇小的身材，和我对立着说话，几乎是要仰起头来的，我这细高个子！我是受了我那高大北方人的爸爸的遗传，难道晶晶也是吗？

我在穿鞋的时候，晶晶和她的妈妈都在一旁，梁太太并且为我把雨衣的帽子翻起来盖住头，她摸了摸我的头发说道：

“好一把头发，夏小姐，又黑又亮！”

我回眸向她笑笑，她对我的爱抚，像对晶晶一样，都是把我们当做她的小孩子似的。实际上也差不多，也许她晚婚，所以晶晶比我小，我不过比晶晶大十岁。一个女人可能二十岁生孩子，像我的妈妈；也可能三十岁生孩子，像晶晶的妈妈。时光稍纵即逝，十年就像流水般过去了，妈妈常有的感慨，就是这意思吧！

阿兰开街门送我出来，她说："认识路吗？介暗呀！"

我说："认识认识，没问题。"

这是安静的半乡住宅区，夜来得比市区早，阿兰开灯和开门，惊动了邻家的狗，一只汪汪地叫，别只也跟着叫起来了。我实在心里有点害怕，但也得硬起胆子往前走。

没有听见关门声，难道阿兰还在望着我的后影吗？她会怎么想？一个可怜的女孩子，晚上出来乡下教书赚几个钱，比她也强不了多少呀！她是不是在这么想？

我为什么想到这么多，我有太多的自卑感。

雨帽翻起来并不好受，我的一大把长发团在后脖子里搔得我发痒。我把雨帽放下了，手伸入后颈，把头发挑到雨帽外面来，让它们披散在背上，这样就舒服了。我一手捏着雨衣领，另一手插进雨衣口袋里。让极细极细的雨丝飘到我脸上，头上，只是不要使我的喉咙吹着风，因为它这么不争气，一来就伤风和咳嗽！

说实话，我并不顶认识路，我从黑暗中来，又从黑暗中去，是在暗中摸索。我只是喜欢雨中独行，另有一番滋味。让我慢慢走吧。好在我的时间并不宝贵，自从病后，我的生命便在半休状态。

前面的电线杆上有一盏灯高照着，可以看清楚一部分路了，在灯光下，空中雨雾飞扬，变成一片朦胧的黄色，离灯光近的很浓，慢慢扩大圈子而稀淡了，终归又回复到漆黑。走到电线杆下，正好对面来了一辆三轮车，这是条狭窄的小路，我连忙贴近电线杆站直，好让车子过去，并且注意我的呢长裤脚，不要被溅上泥点。抬头时发现车子上没有支起篷，车上的男人像我一样地喜欢被雨淋。我没有看清楚他的脸，走过电线杆，不由得又回头望望，刚好车上的人斜过去，许是他也正在研究我是什么人。但他的车子走远了，我也没入黑暗中，他不会看见我了。

我在夹杂着人家的竹林中穿来穿去，方向虽然不清楚，但我相信终会走出这些曲折的小巷，不久就会来到有公共汽车的大路上。

我的左面是一排人家，埋在丛密的竹林中，右面是一条小溪，小溪过去有人家，也有稻田。一两声青蛙咯咯的叫声，为这夜景配上音乐。我走在小路上，雨鞋踩着烂泥，噗唧噗唧地响，单调的声音，特别显得这环境的寂静。

今后我要每天在这样的路上行走。有这么一段时间供我在这样的境界排遣，也是不错的。我可以遐想，可以回忆，但我多半的时间该是用在注意脚下的小路吧，因为它是这么黑，如果我想多了，不留神脚底下，就会掉进小溪里了！

但是我能在这竹林里走多久呢？我是为给晶晶补习而来的，这是她在学校的最后一学期了，现在是一月。二月，三月，……七月，还有半年晶晶就毕业了，再到她考中学，顶多是八个月的光景。等晶晶上了中学，我就完成任务，不会再到这里来了，因为我只是个高中毕业生，在习惯上也只能教小学生，虽然初中一的学生，我也还勉强可以教。

第一天就使我喜欢上晶晶了，如果我有个像晶晶这样的妹妹，生活该是怎样的不同。为了缺乏同胞的姐妹，在寂寞生活中，养成我不顶合群的性格，还被人认做是孤僻。我不说话，是因为不知道应当怎样和人说；我怕说话，是因为有太多使我不愿意回答的问题。这样，人家就要说我是心事重重。我愿意到最陌生的环境去，开创我的新生活，像刚才在梁家，我不也说了很多的话吗？

在过去的日子里，和我谈得最多最投机的，不是妈妈，而是姥姥。但是……

但是前面有了大亮光了，我要加紧走几步，妈妈要等急的。多讲了半点钟的话，又绕了不知多少冤枉小路。我来看看，啊，已经快十点钟了。

公车站牌下，还站着最后的乘客。我原可以自己走过川端桥回家的，巧的是刚好来了一辆车，我便随着两个乘客上去。只有两站就到家了，我可不要跑到车尾巴的空座位上去受颠簸，就站在车掌小姐的旁边。

车上的乘客很松，人们不像白天那么瞪起眼睛，聚精会神的，预备和“今天的生活”打一仗的样子。现在正是像小说上常常描写的那种“拖着疲惫的身子回家”了。懒洋洋的，每个人的面孔都木然无表情。这是一辆破车子，响得厉害，它也是“拖着疲惫的身子”吗？

车过川端桥，我从车掌小姐的窗子望出去，天空辽阔，远处的山上缀着点点闪烁的灯光。好像那一带就是指南宫，还是好几年前学校旅行去过的。很记得那个白发老婆婆赤着脚板爬上台阶的情景，心的虔诚使她举步轻松，她微笑着告诉我们说，她在文山采茶，亲自用手摘了今年的第一次茶心，敬供菩萨，为了外出多年刚归来的儿子。

车子猛然一停，我的脸撞到钢柱子上了，我为自己的发呆感到很难为情，看了车掌小姐一眼，她也正为我的傻样子抿嘴笑呢！如果我是个男人，她一定以为我诚心在这儿泡她，不肯到空位子上去坐，碰了一下柱子，岂不活该？我又想起刚才给晶晶讲的水晶屏风的故事，不觉也好笑了。

我带着笑意下了车，却见母亲站在售票亭的檐下等我。“笑什么？捡着馒头啦！”妈妈向我开玩笑。

“哟！”我不禁轻喊了一声，“您还来接我干吗？”

母亲带伞过来接我。台北市的雨倒下得大些，她说："几点啦？我正奇怪你怎么这么晚，不放心。"

"您准知道我坐公共汽车吗？要是接空了呢？他们直要给我喊三轮车，我不肯，走绕多了路，所以迟了。"

我们躲在雨伞下偎倚前行。妈妈的旧丝棉袍下摆松斜着，被雨水打潮了，很难看。想着刚才梁府上那位整洁的夫人，很为母亲不平。但想想，母亲并不是不能打扮成那样，她一向就是这么散懒惯了的。

"怎么样？还教得来吗？"母亲问我。

"马马虎虎。"

"小孩子怎么样？"

"满聪明，其实她不请家庭教师也可以，我只是看着她做功课就是了。"

"唉！有钱的人家还不是得样样齐全。"母亲又感慨了。

"也是因为人家只有一个女儿的关系，格外地疼。"我说完有点后悔，我不也是一个独女儿吗？妈妈不会以为我是有心这么说吧！我连忙又加上一句："反正有钱没处花啵！"

妈妈并没有注意这些。到家开门的时候，她忽然想起来什么，说道：

"噢，美惠来找过你。"

“为什么不让她等着我?”

“她明天还会来,叫你晚饭给她包几个饺子吃。”

“她说什么了吗?”

“没跟我说什么,但是我想她那样子一定是找你有事。”

“我知道,她也许快结婚了。”

“真的?”母亲略感惊奇地轻喊了一声,随即沉默了没再说什么。我们走过小庭,拉琪从矮松后它的小木屋里跑出来迎接我,我喝退它,因为它的湿泥爪会弄污我的漂亮的新红雨衣。我也知道母亲忽然沉默了是为什么,她是在想那个一心想做妈妈的女婿的俞文渊。

世间的事真不平,也难料,它很少顺利。美惠和李新一心相恋,却偏有个对外省人抱着毫无理由的成见的爸爸在反对。而我呢?妈妈和美惠一定会谈到我和文渊。她们会像别的人们一样,以她们的天秤,来把我们称量一番,把砝码一掂配,他半斤,我八两,认为是最合适不过的婚姻。

如果是那样,妈妈对于自己的婚姻,又是怎么称量的呢?

走进屋来,我到穿衣镜前,擦抹被打湿了的头发。鲜红的雨衣配着我的白净的脸,我对自己也不免兴起了“我见犹怜”的感觉。只是嘴唇苍白些,我不由得用小手指顺嘴唇的弧形画了一圈,望着镜中红色的影子发了呆。

“也不说搽点儿口红。”母亲从身后过,责备我。

“您知道我一向不喜欢胭脂粉儿的。倒是您——”我看着母亲那种以无数发夹来管制散落头发的发型，说：“化妆是您这个年龄的女人的事儿呀！像我教书这家的梁太太，浓胭脂厚粉儿的打扮起来，到底利落多了。”

“我不习惯，在学校做事的人也不宜于太打扮。”她毫不在意地说，“吃了点心早些休息吧！我给你熬了红枣粥。”

“啊！豪华！何必呢？”红枣在北方虽不算什么，但在台湾可值钱了，卖枣是用称金子那样的小秤，一两一两称的。

“你教书辛苦了，更得补补。”

“那么我教书的钱还不够吃红枣的哪！”我吃着红枣笑着对妈说，“其实，我想梁家他们会给我弄点心吃，您不要每天给我煮这煮那的，有工夫还是看您的小说，听听广播剧吧！”

“对了，我忘了问介绍的人，不知道每月算多少钱给你。如果划不来，就趁早不教，六年级的学生，责任又重，风里来雨里去的。”母亲坐在对面看我光吃红枣，不吃粥，又给我添了几颗红枣。

“不必问了，是您朋友的朋友介绍的，您还得转几道弯去问，反正有行市，到府专任，三百起码。”

妈妈听着笑了，捏了一下我的脸，“坏嘴巴！好在你教书是解闷儿，钱多少也无所谓，只要教得顺心。”

妈妈收拾碗筷去洗，我也梳洗换好睡衣，先钻进被筒里。我没有立刻躺下，靠着枕头屈膝坐着，两手抱着膝盖，把头埋在上面，我在想：

——如果早知道高中毕业考不取大学的话，倒不如像美惠那样，初中毕业去考师范了。偏偏又病倒一年，功课都荒疏了，再也不要做大学之梦了吧。

——可是高中毕业生简直是块废料，能做什么呢？不能做合格的小学教员，做公务员也只是雇员的名义。除了结婚别无出路。那就难怪妈妈看中了文渊！我总是妈妈的一桩心事，我也不是不想为妈妈了却这桩心事，但是，无论如何，对于文渊，我兴不起对他情感进步的情绪，尽管他的年龄和我相当，尽管他有辉煌的学历、无限的前程、正直的人品，而且马上还要挂上留学生的头衔。

——母亲和美惠都希望我和文渊的感情日增，最好能够在他出国前订婚，但是……

母亲进来了，她看我埋头在膝上，担心地说：

“怎么还不睡？”

“在等您。”我抬起头来说。

母亲去拉窗帘，我顺眼望出去，雨已经停了，仿佛有几颗星，但愿明天是个好天气。

二

我穿了蓝灰格子呢的瘦脚长裤、白色毛衣，牵着拉琪去买菜。菜篮让拉琪叼着，引起路人的注意，他们不断地看我和我的拉琪，并且露出有趣的笑容。仔细看看，拉琪也真可笑，它的浑身的黑毛光得像缎子，跑着小快步，屁股一颠一颠的，是为了使出全身的力量在支持那个菜篮，忠心耿耿的小奴才！

我今天也觉得人很轻松舒适，穿了这身衣服，被太阳照着，微微地出汗了。皮带虽握在我的手里，但却随拉琪牵着我走。它熟习了，有了菜篮，就知道向菜场去。

今天要包一种特别的饺子馅给美惠吃，给她一个惊奇，这小馋鬼！美惠是注定要和外省人结婚的，而且是北方人。她这么喜欢吃面食，实在是受了我家的影响。初中三年同窗，同坐在一排位子上，当时我们俩的个子是差不多高的，但到了高中分手，她在师范读成个小胖子，我却不断地向高处蹿长！

是读师范的时候，她家搬回南部去，所以她每个星期就到我家来过一夜，吃面食的习惯就是这时养成的，三年于兹，倒让她吃上了瘾！而且她也差不多都会做了：包饺子，烙合子，擀面条。这倒是李新的福气，娶了一位台湾小姐，而且会做他家乡的面食，他也要感谢妈妈和我呀！

在菜摊上我看见了瓠子。为什么今天不吃瓠子牛肉馅呢？它可以代替我在北平常吃的西葫芦羊肉馅，想起那个味道，我要流口水了！还得到中药铺买点胡椒粉，记得姥姥拌馅的时候总是要放些的。

再带一些水果回去，每年最后的橘子是属于草山的，小黑硬疙瘩，铁球似的。

我一手提着装得满满的菜篮，一手牵着拉琪的皮带，这回它轻松了，我却加重了负担。

吹着口哨的青年，骑车从我身旁经过，他回头挤起一只眼睛来望着我，轻唱着意大利民歌《美丽的姑娘》，并且给它改了词："有一个美丽的姑娘，生长在这宝岛的地方……"

歌声远去，还可以看见他骑在车上摇摆着身体。

我突然有一种恋爱的欲望。胸怀像一池涨满的水，多么盼望有人向她投一粒石子，溅起一些水花，撩开几层涟漪！但那人既不是文渊，也不是这过路的青年。

我的脸这时也许涨红了，几丝头发被风吹贴在左面颊上直发痒，我把它们全部由后颈拢到右边来。手一撒，皮带掉下来，拉琪往家跑去，汪汪地叫喊，原来竹篱外站着一身绿色打扮的美惠。

"害你久等了！"我喘着气紧走几步赶到门口，从小钱包中掏出开门钥匙来。

"吃什么？"她不顾一切，先向菜篮中探望。

“你昨天说要吃什么来着?”

“真的? 饺子?”她高兴得拍巴掌,转圈圈,这是教儿童唱游教惯了,职业的姿势!

“李新怎么不来?”我问。

“谁要他来!”她撅起嘴,假生气,其实是得意。

“装蒜!”我笑骂她。

“他如果来,有一个人也要跟来的。”

她当然指的是俞文渊。

我不想回答什么,也懒得张嘴,便从鼻孔里“哼”地笑了一声,我想美惠一定会以为我这是对文渊表示不屑的态度。她如果这样猜就不对了,我并不讨厌文渊,而且愿意和他做个兄妹般的朋友。他确是个好兄长,正正经经地说着有益世道人心的话,见解正确,计划周到,是一种极易博得老丈人欢心的人,他又何必一死儿认定了我?

也许因为我的沉默,美惠也不说什么了,她这回真地撅起了嘴。

“生气啦?”我低下头笑问她。

“谁? 是你还是我?”她反问我,腮帮子红红鼓鼓的,但随后却噗哧一声笑开了。

惟有和美惠在一起,才保持着我们学生时代的那点乐趣。她虽然在婚姻上经过一番挣扎,可并没有削去她的锐气,她仍是那么开心、冲动,哭和笑是平均发展的。我呢,刚好相反,难得把哭和笑表现得那么火炽，也就难怪我给人的印象是和美惠迥乎不同了。但我们俩确实是性格不同却成了好朋友，一定，我们还是有些什么地方在互相吸引着。

在同学校的时候，教英文的施老师，她最喜欢我们俩，下了课，我们同去向她请教功课时，她总是笑眯眯地站在宿舍门口，看着我们，和别的老师说：

“看哪！安安静静的姑娘和活活泼泼的姑娘来了！”

尽管我的话不多，美惠还是只管说她的。放假时她来到我家里，我们横躺在床上午睡，我已经很困了，她还在开她们学校老师的玩笑。我半睁眼，半倾听着，等到她说够呼呼地睡去，我的睡意全打消了，瞪眼望着天花板等她醒来。

她也有时猛然停住不说话了，那是受了我的影响。她就和我静静地躺着，摸抚着我的头发，把我那时的短发一下弄到耳前来，一下撩到耳后去。我们也彼此拉着手，交换着看指甲玩，她的圆圆齐齐的手指头，十分有力量，她是初中排球校队的，而且是队长。我呢，细长的手指头，盖着一层淡青的指甲。“贫血的姑娘”，美惠总是这么说我。

终于，施老师把她的表弟李新介绍给美惠。

李新又带来了他的好同学俞文渊。他们在做梦，以为我们四个人是理想的两双璧人……

我们开始包饺子的工作。洗菜，揉面，拌馅，美惠都做得很地道，我们俩就在厨房里忙。

“小鱼儿，”她这时喊着我学生时代的外号，眼睛发着亮光，声音激动地说，“我们定在下个月初结婚。”说完脸通红地害羞了。

“恭喜你们，我知道你会得到最后的胜利。你爸爸，他怎么又答应了？”我是由衷的为她高兴。

“据理力争。”

“理？你爸爸对这件事并不讲理呀，他完全是感情用事，你又怎能据理力争呢？”

“那么我就是据‘不讲理’力争！”

“怎么个不讲理呢？”我对这件事倒发生了兴趣。

“我对爸爸说，当年你曾为了抗日回到祖国去，你也为此被日本人关起来过，光复后，你一直是热心地方公益，捐款劳军不肯后人的，怎么对我这件事就这么想不开！”

“你爸爸怎么答复你？”

“他说：‘马鹿野郎！’”

美惠学他爸爸用日本话骂人的神态，我也不免大笑起来。“这是骂的谁？”我问。

“大概是骂我太讲理了！”

“后来呢？”

“后来我们做了个‘不讲理’的解决，李新拿出六千八的聘金，我家仅这笔钱给我买嫁妆，一个大钱也不给我添上去，以示惩罚我这不孝女。”

“要按常情呢？”

“按常情，凭我们家的境况，不但不会全部收下这笔聘金，而且还要加倍陪上去，才够面子。”

“时间会冲淡一切，等你明年生了胖娃娃，那时你抱着外孙子往外公怀里一送，怕老头子不……”

“去你的！”美惠拿起擀面杖要打我。因为美惠曾经秘密地跟我说过，李新和她都很喜欢孩子。

“我今天找你，是有一件重要的事。”她一下子变得郑重起来了，“我有荣幸请你做我的伴娘吗？”她学着演话剧的口吻。

“这还不是当然的吗？”

“你答应了？我真高兴！李新也请到他的好同学做伴郎。”

啊！原来如此！美惠说话很有技术，当然那位伴郎就是文渊，她是有意这么安排的。自来伴娘和伴郎就是被人注目和开玩笑的对象。我本来可以不答应这样的安排，但是我能够吗？我怎好让美惠失望呢！

“那么，你这个月还要帮我许多忙了，像订礼服，买家具什么的。”她见我没提出反对的意见，才又这么说。

“好的。可是我送你什么礼物呢?”

“不要破费了,没有比答应给我做伴娘更好的礼物了!”

“哟! 还没嫁过去呢,就跟我客气起来啦!”

“哪里! 你不知道我的心。”

是的,她的一颗心对我有无限的怜爱,九年来表现得很多了。她自己是健康而坚强的,仿佛还有多余的力量来保护我。我虽然从不对人吐露我的心怀,她也不问。但心有灵犀一点通,她就常常及时地给我帮助和安慰。

她一定也是在默想着什么。我们俩都没有再说话,各人两手沾满了面粉。

炉上的一锅水已经滚开了。天渐渐地暗下来,我们都懒得去开灯。

我正算计着妈妈该下班回来了,果然,不久街门便吱扭扭地响了,接着是拉琪的迎接声。我听妈妈还跟人说话,不知是谁。我轻轻对美惠说:“是妈妈回来了。”

妈妈进屋来,说道:“咦? 不在家。”

“是教书去了吧?”我这才听出是敏姨的声音。

“不能够,没有这样早,大概是买什么去了。”母亲说着,走向厨房来。

我和美惠微笑地交换了下眼光,我们要捉弄一下母亲,所以屏息不出声。

妈妈和敏姨进来看见我们，吓一跳，笑说："两个小鬼，怎么一点声音都没有？灯也不开？"

"此时无声胜有声。"美惠说。

妈妈去捻开灯对敏姨笑着说：

"这两个孩子从小就是这样，常常在屋里对坐一下午或一晚上，一点声音都没有。"

美惠笑道："哪里，她不说话，我一个人也说不起来。"

我说："你不用着急，你有多少话，到了下月初怕没处说去？你就说给他一个人听。"

敏姨直追问："怎么？怎么？这是什么意思？"

我宣布了美惠要结婚的事。

小厨房登时被这喜气洋洋的空气充满了。敏姨竟兴奋得用她那强有力的两只手握住我的肩头轻吻了一下我的面颊说：

"我们的晓云哪，你几时结婚？"

敏姨满嘴香烟气味喷到我的脸上，怪难闻的。她今天穿了一件宽大的藏青呢旗袍，短直的头发向后拢，手上戴着男用的金壳大表。走路、吸烟都是大动作，一点女人气都没有，但她却说她的婚姻最为美满！

敏姨的婚姻生活是很奇特的，那真是不同凡响。她很早以前就和第一任丈夫离婚，现在身边有一个已经读高中的儿子。在七年前她又和现在的丈夫冯先生结婚，但是他们却不住在一起，他们仍各人住在各人的地方，只是时相往来。人家以为结婚是为了结束单身生活，而建立起互助互爱的生活，她却认为日常生活的摩擦足以伤害夫妇间的情调。所以他们经济自理，行动自由，彼此尊重，相敬如宾。她对婚姻的见解不同世俗，也难得有这样一位冯先生同意她的作风。但是敏姨却是一个极富人情味儿的人，妈妈常说，她的豪迈，男人也比不了。

敏姨和妈妈同事数年，她是英文专任教员，母亲只是教务处的一个小职员。但她却极欣赏母亲，当然主要是关于爸爸的遗产那回事，给了她良好的印象。她和我的那位所谓异母姐姐夏文芳是同学，但却更接近妈妈。

当爸爸死去以后，夏文芳坚持要拿走爸爸大部分的恤金，包括办丧事时朋友送的奠金。她说因为妈妈的关系，使得她的父亲遗弃了她的母亲，而她的母亲才是爸爸真正的原配妻子。她的母亲半生辛苦，难道不应当得到丈夫最后的一点钱吗？虽然她的母亲在大陆，生死不明，但是她要存下这笔钱，等到能回大陆时交给她。这在当时是多么难堪的一件事！也很有些人同情夏文芳的，于是母亲就一声不响地依了她。这件事快七年了，啊！爸爸死了七年了。敏姨结婚也七年了。我那时刚进入高中才十六岁，我是什么也不懂哪！我怎懂得妈妈七年来的心情呢?

敏姨接近妈妈的时间,恐怕比接近冯先生更长久吧? 敏姨样样都好,只是不时的有哮喘的毛病,除了医治以外,她曾试过许多偏方,也都没有特效。听吧,这时她站在我的身旁,嗓子又呼吸得像猫一样了。

我是第一个吃饱的,看看天色,满黑了,时钟已经指到六点半。我要准备去梁家教书,美惠也要和我一同出去,她要赶回学校。

敏姨和妈妈还在慢慢地边吃边谈,我从里屋拿了一件外套出来,敏姨问我:

“今天本是想来问问你教书的情形,吃上饺子就忘了。怎么样?不吃力吧?”

“还好,美惠曾经介绍我去做过小学的代用教员,总算学习过一个时期。不然,什么也不行,真成了‘百无一用高中生’了!”

“身体既然渐渐好起来,就去学学英文打字吧,这行也可以碰巧找到不错的工作。”敏姨这样劝我,这也是我心里曾打算过的。

敏姨又转过脸去对妈妈说:

“听说晓云教书这家的女主人,是个了不起能干的女人啊!”

“这年头儿女人能干的也多了,像我这样窝囊废的倒少有了吧!”这是母亲的感喟。她的确很窝囊,连那只热饺子都不听她的,她用银筷子当然夹不住,一下子落到酱油碟里,溅了她一前襟的油点。

敏姨又点着头说：

“听说她的能干不止于家事这方面哟！对于她丈夫的事业，也非常有办法会安排的。”

听着敏姨的话，我倒想起梁太太昨天守在那里监督两小时我教书的情景来了，所以我不由得插嘴说：

“确是个精明女人，从行动上也看得出的。”

“有帮夫运的女人，总归是男人的福气。”妈妈说。

“那倒是个人的看法不同，插一足到丈夫的事业里去，在我就觉得很讨厌！”敏姨倒不以为然了。

敏姨还在和妈妈守着满桌残食闲谈。妈妈似乎懒得立刻去收拾，她们每个人点起一支香烟来，刚才饺子的热气没有了，又接续看团团烟雾，直向照着桌面的电灯上升扬。我打开屋门，迎面一阵凉气袭来，转身关上屋门，隔着玻璃，只见两个女人在烟雾茫茫中，还比划着不知说什么。

我说今晚吃得太饱了，打算走路到梁家去，美惠就陪着我，她说送我到桥头。

想到美惠要结婚属于另一个人，过起家庭的生活；那么，我和她以往那样默默相对、心灵交流的时光，恐怕不可再得了，真教人感到寂寞啊！

因为不说话，两人便不由得加紧了脚步，我们都穿着平底皮鞋，在这清洁平整的小巷里，竟像两个排队的兵士，左，右——左，右那样地开步走着。

到了桥头，美惠和我约定了下次见面的日子，便分手了。

我走上桥，看桥上两排灯很好看，便站在桥栏边向水中发了一会儿呆，才继续走过桥去。

三

这是我教书一星期来第一次在白天走这条路，情调和夜晚是完全不同了。连日霪雨，黑夜经过这里，都不由得引起我漫无边际的暇思，正像那无垠的黑空一样遥远。有时我思想停住了，人也站在这里发一会愣，静听水声。我那时一定像个幽灵出现在这小溪边吧？但是在这白天就不然了，溪边面目全非：有小孩子在这里嬉笑打闹，行人不断，路边也堆着垃圾和车辆……我不可能再有兴趣停下来。一条路有两个面目，也像人类的双重人格一样吗？

今天是星期日，我本来应当留在家里，洗洗头发呀，熨熨衣服呀，给拉琪洗澡和拿跳蚤呀！虽然这些事在我是无所谓非要星期日来做，不过为了陪伴母亲，她是只有星期日才休息。但是昨天晶晶邀我今天一同去中山堂看芭蕾舞会，其中有她同学的表演，她说她的妈妈今天要在家里陪伴爸爸，爸爸有朋友来家晚餐。梁太太请我去她家午饭，饭后再和晶晶一同出去。

那么妈妈今天要一个人吃饭了，我准知道，她一定拿开水泡了昨天的剩饭，坐在厨房的米柜上，就着那碟红辣椒炒豆豉随便的吃吃，而把那块猪肝留到晚上给我吃。唉，妈妈就是妈妈。

梁家的大门在白天看起来颜色更鲜明了，大红的油漆，镶着金色的横条，好看是好看，但透着那么——那么一股俗气！唯恐怕别人不知道这家里有金条的气势。我为什么对它忽然起了反感？

门是虚掩着的，一推就开了，靠街墙的庭院两边，辟了两块花池，种着杂样的热带花木，一条窄洋灰道通往房门。道上正站着一个人，半侧面对着花池看，他穿着那件我认识的——花条缎子晨衣。

他该是晶晶的爸爸了，也是一星期来我第一次见着的。我有些不好意思，因为我必须从他身边走过去，但是我们并不相识，我怎样和他打招呼呢？他也转过头来了，我来不及想地牵动了一下嘴唇，我不能张嘴叫他梁先生，因为我们还未经人介绍过。我想如果是我们那美惠，她一定就会跟演说家似的，大大方方地过去叫一声梁先生，并且也许会说些什么“你早，我是晶晶的老师”一类的自我介绍吧。

梁先生也好像有些不自然，但他有办法，向着屋里喊：“晶晶，晶晶，老师来啦！”这样，尴尬的场面就过去了，然后，他挪开身子，让我从他的面前过去。

我没有看清楚他，但忽然想，不要弄错了吧，可是梁太太的弟弟吗？为什么看起来比梁太太年轻呢？

晶晶答应着从屋里出来了，今天她也整齐多了，不像每天读书读得打败了仗的样子，可怜的六年级生！她的头发梳好，系着粉色的缎带，是准备和我赴会的打扮。

“这是我爸。”晶晶倒很大方，扭着身子，指着已经走进来站在我身后的梁先生。我正脱了一只鞋，还没走上来，又只好转了身子，胡乱地向他微笑点点头。

我和晶晶照例地躲进书房里。这间书房并不是属于晶晶的，应该是她爸爸的。我一直到现在还不知道晶晶的爸爸做什么事，叫什么名字，只是在靠壁的一只小书橱里看到什么商业概论、工商管理这类的书，猜想到他也许是在什么公司里做高级职员吧！因为这些日子晶晶曾说爸爸出差到中部的话。

梁先生并没有进来和我交谈，他在外面客厅大沙发上坐着，无聊地看着报，还是晶晶在叫：

“来嘛！爸。”

梁先生被女儿一叫，似乎不好意思了，扔下报走进来，两手从晶晶的身后捧住她的脸，低下头笑道：“叫我做什么？”

晶晶把爸爸的手拿下来，落在她的两肩上，父女俩就这么爱抚着，他们的亲热，给了我一种被融化的感觉。

晶晶说：“爸，我们要去看玛丽跳舞。”

“我知道呀！”爸爸说，拍拍晶晶的肩头，随即又走出去了，仍然看他的报，仿佛对于我和晶晶不太感兴趣，又仿佛是拿我和晶晶一样的看做小孩子。

我有点失望，因此吃饭的时候就显得不太自然。我低头吃着饭，菜都是梁太太给我夹的，当然她更拿我当做孩子了。

我偶然抬起头来，眼光朝他们夫妇看去，才发现和丈夫比较下，梁太太确是老气多了，因为在我的理想中，梁先生应当是像我爸爸那类型的男人，谁知道他竟是像兄弟那样的也被梁太太照应着。她说：

“你吃这红糟鱼片吧！”

他说：“嗯。”夹了一块。

她说：“吃完饭你就给沈先生打电话吧！”

他说：“嗯。”

她说：“我看你换那套铁灰色的西服吧！”

他说：“嗯。”

妈妈也这样照应父亲，一般人也都说，男人年纪大了常常像孩子一样，是需要照应的，但那不是这种味儿！我端起饭碗来，从碗边再望出去，晶晶和她父亲，就像是一对兄妹般地在梁太太的庇护下，这情景多么奇特！还是我太敏感了？

梁太太是难得笑逐颜开的，她笑起来也不平凡，只是左嘴角斜上去一下，像是对什么人交代笑容，而不是出于本心。我记得从前有个女太太到我们家来，就是这么笑，人家都说她应酬太多，向客人假笑笑惯了的。晶晶的浓黑的毛发却是得自于爸爸的遗传，梁先生的手伸出来夹菜，我才发现那手背和手腕汗毛很重。

我不由得又想着刚才按在女儿肩上的两只大手掌。

晶晶一心在赶舞会，惟恐怕失去了每一项精彩节目，我们吃完饭便赶着出发了。我答应看完后送晶晶回来。

今天晶晶没穿学校制服，又因为兴奋和打扮的缘故，所以显得更可爱。她的个子差不多到了我的肩部，我们俩并肩走着，我就感觉到是个妹妹在我身边。我是多么孤寂啊！跟着外祖母的童年，失去父亲的少年，现在呢，跟妈妈这样过，在水源路下的竹房里，什么时候是个了呢？

然而晶晶也在想什么吗？她紧闭着嘴，小鼻子微翘着，眼睛注视着前方。她转过头来，知道我在看她，微笑了，向我说："我们坐公共汽车吗？"

我点点头说："我们坐五路车吧，我很怕坐三轮车，上桥或下桥的滋味很难受，坐在汽车里就没有这感觉了。"

她又跟我闲谈着，说她也曾在这个跳舞班学芭蕾舞，自从读五年级就不学了。怪不得她的体格这样健美，两肩宽，两腿直，站在那里就很像样。

"那么考上中学就可以继续学了？"我问她。

“中学的功课不是很忙吗？爸爸说将来有机会带我到日本去学。”

“为什么要到日本呢？”

“因为——因为爸爸曾经去过日本。”

“啊——”晶晶的父母对她无微不至，这真是父母的一颗掌上明珠啊！

“但是妈妈并不赞成我去日本。”晶晶这样说。我觉得很奇怪，好像她的父母曾很郑重地商谈过晶晶的前途。也许我太少见多怪了，有些人家是可能为他们唯一的孩子而变动大人的行止的。但无论如何，看晶晶健美的体格，我也觉得放弃了学舞蹈很可惜。

我们到中山堂刚好赶上第一个节目，观众差不多都是妇女并且带了孩子来。

晶晶大概学舞蹈有过不短的时间了，所以她说得出很多舞蹈的名称来，碰到她知道的舞蹈，她就立刻告诉我。到了“白鸟之死”这节目时，她很兴奋，我问她是否也学过，她说没有，但是她很喜欢，因为看别人跳过。

跳“白鸟之死”的女孩子美极了，她的化妆也很合适，不像别的女孩子那样涂抹了浓厚的脂粉。她比晶晶大一些，头上系着两片白羽毛的装饰，当她斜低下头，扬起手，足尖踮起，以快速的小步前进时，我和晶晶都屏息着，为她的舞步和所配的音乐吸引住了，幻想着那被摧残的小生命，是如何的不忍。

她跳完了，博得最热烈的掌声，连最难得冲动的我，也起劲地鼓掌了。旁边坐的是一位老太太，她没有鼓掌，微笑地看看我，我也向她笑笑，我说："真好！"

老太太笑着把头挨近我，得意地轻声说："我孙女！是我孙女！"

"真的？"我多么替她高兴。她又谦和地点着头说："小孩子，好玩。"

她说完用手绢擦着嘴角，我这才注意，老太太是一个人坐在这里，她的邻座并不是和她一道的。那么女孩子的父母呢？在后台？

又过了一个节目，女孩子从后台卸装到前台来了，紧挨着她的祖母坐。她的祖母抚摸着她，给她整理头发和衣服，小声地问着她话，那样地偎依、亲密，并没有再看见有别人来，那么就只有这祖孙俩了。晶晶也以羡慕的眼光望着她们，祖母发觉了，指着我们对女孩子说：

"她们说你跳得好呢！"女孩子害羞地笑了，她在台上表演可是一点也不害羞的，充分表现出所演的角色的情感。

眼前这对祖孙的情景，使我很想写一篇小说。比如吧，以一个小女孩的第一人称写，全篇写她在台上跳"白鸟之死"时，一边跳，心里一边想的情景。这是她第一次正式上台表演，在初跳时她的心情很紧张，只见台下一片乌压压的人头在晃动。但是跳了一会儿以后，她的心镇静下来，向台下望去，看见她的祖母坐在第三排上了，祖母用手绢擦着眼角，是她哭了吗？还是她老眼昏花看不清楚？于是她由看见祖母孤寂的影子而想起自己：如何在幼小的年龄时失去父母，祖母如何艰辛地把她带大，她们如何相依为命，她如何苦练舞蹈，今天如何完成夙愿，终于上台表演。她还一方面警告自己，到某个艰难的舞步了，不要跳错。谢幕时她以巧妙的舞步弯腰鞠躬时，台下掌声热烈，她抬眼偷偷望去，祖母并没有鼓掌，这回可真是哭了，带着笑容的哭泣，最让人不忍！她也哭了，眼泪随着她弯下的腰，滴滴落在台口上。这便是整个故事的轮廓。

我的幻想使台上的女孩变成了我自己，而台下那哭泣的祖母竟是姥姥，面貌这样清楚地逼近我的眼前，记忆这样难忘地涌现。

我很想姥姥。

是的，我可以以我对姥姥的心情、生活，来描写这篇小说。姥姥虽然死了，她老人家不是一直活在我的心头上吗？不然我也不会看着这对祖孙就想到拟一篇小说的底稿了。如果能够的话，今天回家去就着笔来写。

台上再表演了什么节目，我真是视若无睹，都不清楚了，一心在想着祖母的故事，不，姥姥的故事。

舞蹈会已到了最后的节目，身旁的一对祖孙先退席了，还特别向我们点头告别。我目送她们引退，修长美丽的姑娘略在前面，牵着祖母的手。祖母的个子矮一大截，人们都这么说，人类进步了，个子一代比一代高。

看完舞会送晶晶回家，我的心情还一直被那白发的祖母和姥姥的影像所缠绕，两个老人的面孔，交替着在我的眼前出现。

回家，只有拉琪看家，妈妈出去了，她的便鞋脱在门口，是穿了高跟鞋出去的。也许是星期天，敏姨临时来了，约她去看电影买东西吧。

我走到书桌前去找，妈妈并没有给我留下纸条，却看见玻璃板底下压着的几张照片，我注视着我和姥姥的那一张。

这是我跟姥姥最后的一张合照。让我看看日期，是 1947 年的冬天，啊！我那年是十一岁。转过了年，姥姥就死了，照片上的姥姥已经很瘦弱。为什么没有妈妈？记起来了，那时正是她为到台湾来准备着一切，姥姥答应到台湾来和爸妈同住，妈妈才回台湾的。但是没有等到姥姥到台湾，她老人家就沉疴不起，永远地离开了我们。

许久许久我都有这种感觉，不认为姥姥是死了，而是觉得我们把她一个人扔在北平，这恐怕是因为姥姥刚死不久，我就随妈妈来台湾，又换一种生活的缘故。我第一次看见爸爸，并且开始和爸妈生活在一起，很不习惯，就使我总有把姥姥留在北平的感觉。但她的确是一个人留在那荒冢累累的陶然亭旁啊！

姥姥是夜半死去的。当她病重的时候，叫妈妈把我送到妈妈的同学家去住，因为她不忍让我看她死，其实倒勿宁说是她舍不得我吧！我虽在外面住了两夜，终于哭泣着跑回来了。那天她看来仿佛精神好些，晚上吃了几匙粥，拉着我的手，望着我，说不出话来，谁知这竟是最后的一瞥。我安心地去睡，夜半醒来，母亲守在床旁跺着脚哭，姥姥眼睛已经阖上了，还有微细的呼吸，嘴里喃喃的。真奇怪，在黯黄的灯下，我看着姥姥即将离去，为什么倒没有眼泪了呢？生和死有什么分别？姥姥睡得那么安详！

姥姥究竟是有福还是无福？她的亲人都在她的面前了，但她多么孤单！只有一个女儿，和一个女儿的女儿！

姥姥很美，并不是指她的面孔。略嫌细小的眼睛，宽大的头额，她的外形并不算美，但她是一个爱美的女人。她要享受富有情感的生活，她沉湎于文学与戏剧的情感中。她欣赏她的丈夫，因为她认为他们是最完美的一对，只可惜外祖父早年故去，让这美有了缺陷。但那个青年时代便离开这尘世与爱妻的外祖父，却给姥姥留下了最美丽的记忆。凭着她这点爱美的心情和记忆，恐怕就是她不满意爸爸的原因。

妈妈和爸爸的结合，是使姥姥最痛心的一件事。爸比妈大了二十岁，姥姥要打破这不正常的结合，她反对四十岁的已婚男人爱上了二十岁的妈妈，但妈妈的肚子里已经孕育了我！

记得有一次我问姥姥那位可爱的外祖父多大时，她说："死时才二十五岁啊！"

“那我爸爸怎么四十多岁了呢?”我这样说,因为我六七岁,是在对数目字和年龄还弄不清的时期。

我记得当时姥姥的神情是多么不屑,她轻撇了一下嘴,冷笑着回答我说:

“就是嘛,比你外公还大了一半呢!”

姥姥的风采,不断地在我记忆中涌出,我把这张照片压回玻璃板下,又去书架上拿一本照片簿,我要从照片中,找一些幼年生活的回忆。

照片簿已经落上了许多尘土,这本小册子,是属于我个人的,我十岁生日时姥姥买给我的,如今又十二年过去了。

我吹去尘埃,掀开第一页。

第一页并不是我初生的婴儿相,而是十岁生日时拍的。我的两条辫子垂在前胸,十足的小姑娘味儿。多少年来,给我梳辫子一直是姥姥早晨的工作。她晨起总要咳嗽一阵子,跟着是沏一壶酽茶,一边喝茶吸纸烟,一边给我梳辫子。我喜欢站在大穿衣镜前,看姥姥的纸烟斜叼在她的嘴角上,她一定要眯起一只眼睛,才不至于被升扬的烟雾熏到,那样子并不好看,但很可爱。一大截烟灰竟能连在烟卷上不掉下来,也真是奇迹,这当然是吸烟人的本事。

她打发我上学,忘不了对我说这些话:“下了课就回来,过马路小心哟,中午我煮排骨粉条给你吃。明天礼拜,今天晚上看大戏去!”

然后她站在廊下看我背着书包，甩着两条辫子上学去。她看着我的背影，应该有很多感触吧？因为妈妈和爸爸在抗战的大后方，一点消息都没有，祖孙相依为命的生活总是凄凉的。

的确是，秋深的时节，院里那棵榆树叶子都干透了，片片落到砖地上。冷风一吹，它们在地上滑跑，发出沙沙的声音。我回头看姥姥，她晨起还没有梳头，花白的头发，是靠头油或刨花来支持的，现在零散地贴在额头、耳边，正像那被吹到墙角的枯叶。

看，这一张可是我出生以来的第一张照片了。只有二十岁的年轻的妈妈抱着我，我们俩的脸都向着前面，我那时大概是五六个月，头上戴着遮耳的绒帽，两条带子系在颈间的那种帽子，小拳头紧紧地攥着一个小摇铃。

据说这是我和母亲的一张临别照，啊！在同生照相馆，记起那个地方来了，因为十年后妈妈回来，我们又在同生照了一张，这回加入了姥姥，它贴在这本照相簿的最后面。

从来没有人把妈妈和爸爸结合的整个经过告诉我，我是零零碎碎把它们拼凑起来的，这里面有姥姥的痛心、妈妈的辛酸、爸爸的不幸……还有我的——忧闷、自卑和愤恨。

在姥姥翼下长大的妈妈，好像很少机会接触到男人，于是她竟一心一意地爱上了她的老师——我的爸爸。什么人曾告诉过我，是妈妈先给爸爸写信的。如果是真的，我相信妈妈最初的信一定是学业的研讨，对于师长的崇拜最后终于使她陷入爱情的漩涡。一个已经有了妻室和儿女的男人，是否禁不住那青春如花的女弟子的吸引呢？那恋情一定是狂热的。而我，可算得是爸妈真正的“爱情的结晶”了！

那时期听说曾掀起一次不小的浪潮，好像报纸上也有过登载，是引起家庭的纠纷来了吧？师生恋爱当然不是人人赞成的事，一定会被人唾骂，会令人不满，或许爸爸因此失去了他清高的教育职业的尊严也说不定。是“七七事变”解救了爸妈，爸远走入川，妈妈生下我后也跟了去。爸妈的事就在那战争的序幕中被冲淡了。谁还有心注意这人间小事呢！

这些是听谁说的？好像并没有人仔细告诉过我，我可是一段段地给串起来了。是一点事实加上我的想象吗？

再翻过来看，啊！小花猫！姥姥坐在藤椅上，我蹲在地上拉着小花猫的尾巴。这张照片拍得很自然，一定是某个夏天的下午，偶然来了一个携带照相机的朋友，看我们在院子里，就随便照下来了。他的技术并不好，姥姥的脸是黑的，我穿着坎肩儿和短裤，手拉猫有一点晃动。我只有三岁的样子。三岁的事情我是无法记忆了，但是要讲我幼年时候的事情，也只有姥姥一个人讲得出，那一段日子，我在妈妈的记忆中是空白的。

我是吃羊奶长大的，姥姥常说我一身膻气的笑话我倒还记得。难为姥姥，带一个没有母亲，没有奶吃的婴儿，还要忍受女儿不明不白的婚姻的尴尬，在那个时代、那种环境、那样身份的人家，是难堪的。

但还有比我入学后的那次事情更难堪的吗？那时是胜利后，母亲已经回来了，我现在想想，如果母亲不出现，或许这种事情还不会发生吧！那天中午，我正和两个同学走出校门，忽然，身后挤过一群比我高两三级的同学，其中一个高个女同学，回过头来狠狠地向我瞪了一眼，然后仰起头来“呸”的一声重重地向地下唾一口，当然，那等于是唾在我脸上。

我的脸立刻烧起来了，对于高班的同学，在小学生自来就有一种敬畏的心理，我想不出我做错了什么事情，我身旁的两个同学也纳闷地问我：“神经病，这是怎么回事？”

“谁知道！”我羞恼地回答，心中不住地探索，究竟我做错了什么事？那个高个女生早已跑到前面，和她的同伴数说什么去了。

那种敏感真是奇怪，还没走到家，我已经料想到那是什么人了——她也是爸爸的女儿之一！我想到了这一点，跟着我的心情就不安到极点，我羞愧，自卑，气愤，忧愁。回到家里我不讲话，不吃饭，不上学了。

姥姥慌张得很，她只当我是病了，摸我头，摸我手，都被我推开。她要为我请医生，我这才急了，喊了一声：“我没病！”

母亲还老大不高兴呢，她向姥姥说：“这都是您给惯的，不能这么矫情呀！晓云！”

我矫情吗？妈妈理解我太少太少了。姥姥听了妈的话，我知道，她也不高兴了，一声没言语走到外屋去吃饭，妈妈随后也跟了出去，她以为小孩子闹脾气只有“不理她”就好了，这也确实是儿童教育书上写明的呀！

她们娘儿俩一定也对着生气，默默地吃饭，只听见匙碰碗、碗碰筷的瓷器银器声。而我坐在桌边胡乱地拿出功课来，心中却不住地想：一定是她，一定就是爸爸他们家的人。在妈妈和姥姥的谈话中，我早已隐约地听出一些头绪来。——说是：

虽然胜利了，人人都复员还乡，爸爸却不能回来，因为他的家人不会轻易地饶恕他，他的儿女们都调皮捣蛋得很。爸爸怕妈妈难堪，也怕妨碍了事业的前途，只有远远地躲开，到陌生地方去开创天地。他们原来可以留在西南的，但是几年来发现爸爸的身体不适于那里的水土，医生说，海岛气候也许不错，所以他们就直接到台湾去了。为了妈妈这样一个女人，爸爸没有回他的故乡，不愿见他的家人，放弃了他在北方的事业的根基。

想想看，爸爸的家人会怎样地恨他呢？于是那股恨气就化成一口唾液，重重地发泄到我身上来了。我不知道我是什么时候被爸的家人认出的，她们早已像鹰一样地对准我了！

那些事情不要再想了吧，想起来总是不愉快的。不如想想照片上的小花猫，她曾给了我多少童年的记忆啊！

小花猫到我有记忆的年代还在我的身边呢！后来它长得好肥大了，冬天的晚上，总是蹲在火炉旁边，我们也在火炉边取暖。姥姥那只老藤椅坐了不少年，已经成了油红的颜色了。夏天它被放在屋外廊檐下，冬天就在火炉边，多铺上一条毯子。当姥姥不在面前的时候，我就把蜷卧在那毯子里的花猫赶开，但等姥姥做完零星的事，就把我赶走，她说：“小人儿也要舒服，去拿小凳子去！”我很舍不得地离开那藤椅，去搬了小板凳来，就在姥姥的脚下坐着，把手靠在她的膝盖上，仰起头静听她给前院的两姐妹讲故事，并且把花猫搂在我的怀里。

常常是这样，不知道是什么时候，我在姥姥讲不完的故事中在她的膝上睡着了，给我怎样的脱衣鞋，搬上床去，都不知道了。

小小的四合房，原是姥姥唯一的产业，讲究的人家都不会把它分租给人的。但是到抗战的末期，生活实在难以维持了，先把外院的南房租出去，后来又把里院的厢房也租出去，都是为了维持我们祖孙俩的生活。

外院的人家，有两个读中学的姐姐，就迷上了姥姥的故事，我想，她们住了三年，应该听了不少故事吧！

姥姥讲故事的本事很高，她当时所讲的故事，并不是那时女学生所看的流行的小说，而是她年轻时代所看的书籍。我以为古老的爱情故事更动人些，因为那年代的婚姻和恋爱有许多阻碍，有了阻碍，所以才产生许多可歌可泣、悲欢离合的故事。

我还能记得她讲"玉梨魂"的故事，当时原也不怎么听得懂，直到前几年在衡阳街的书店里偶然看到这书名，只觉得很熟悉，忘记曾是姥姥所欣赏的小说，便随便买了一本看，看到梨娘和梦霞的苦恋之情，才忽然忆起它原是姥姥讲给前院姐姐听的。我不由得把这四十年前流行的小说看下去，看到梦霞"近日既中酒病，更为诗苦"，看到梨娘也病得"愁帐一幕，被冷半床"，就想起姥姥讲故事的神气来了，她摇着头把梦霞和梨娘的情诗背诵得有声有调，而前院的姐姐也听得啧啧地叹气。

我还记得她讲的一个旗人的故事，那个女主角叫春阿氏，她说著书人写道，要把春阿氏的故事尽量地讲给人听，那么死去的春阿氏的灵魂，冥冥之中会在窗外感激你的。所以每次讲这个故事时，我都不由得要回头看看黑暗的窗外，仿佛那里站着一个梳着两把头的女人，就像四郎探母里头铁镜公主的打扮。

听大戏，也是姥姥的生活享受之一。我从幼小的年龄就跟姥姥出入在乌烟瘴气的戏圈子里了。她最爱听一个叫李桂云的唱的戏，我只记得台上那圆圆甜甜的面孔和略胖的身材，她不一定穿古装，有时也穿时装，那种忽然梆子腔，忽然西皮二簧，究竟是叫做什么戏，我也不清楚。她的流行戏《二孤女》、《桃花泣血记》大概是由电影改编的，我跟姥姥不知听了多少次，真是百听不厌。

从戏院子出来，一定要顺脚到东鸿记买茶叶，到聚顺和买糖炒栗子回来。灯光底下，闪着姥姥油亮的鼻子，她在沏茶，并且数说着剧情，我在桌边等着解开那包热栗子。

偎倚在姥姥的身边，是安全而温暖的，拿什么来形容最好？就好像英国的曼殊斐尔吧，十八岁逃离家庭以后的曼殊斐尔，病倒在陌生人群中了，她在日记上写着：

“想象中所唯一值得热烈景慕的事，是我的祖母把我安放在床上，端给我一大杯热牛奶和一块面包，两手交叉着，站在那里用她仁慈曼妙的声音和我说：‘啊，亲爱的……这难道不愉快吗？’啊！是何等的幸福呀！”

啊！是何等的幸福呀！家庭生活是可爱的，但那内在的烦恼也是错综复杂的，需要用理智去斗争，但为了处理家庭的烦恼，谁的理智又斗得过情感呢？

即使是在十几年后的现在，我也仿佛清晰地听见夏夜中芭蕉扇扑呼、扑呼的声音，姥姥为我驱蚊子，唱小曲，轻轻地扇打在我的身上，送我入梦。那把芭蕉扇缝着蓝布边，在我身上拍打了好多年也不坏。

这张是妈妈的相片，颜色都要变黄了，是她到重庆后寄来唯一的一张照片，照片下半截的脚部被剪去了，她后来说因为是光脚照的，所以剪了去。抗战的后方是艰苦的，她给姥姥来信说，屋里没有家具，就拿四只油桶做凳子。收到这封信和这张照片以后，就再没有信息了，直等到胜利后，我们才无意中在收音机里听到播音通信。

那时刚胜利，复员还乡还没开始，收音机中却天天有个特定时间，播送后方的人向沦陷区的家乡叫人，是由播音小姐代播的。我们原没想到妈妈也会向我们通信播音，那天，播音小姐按顺序的播出，忽然说道："现在请北平丰盛胡同的孙老太太和她的外孙女夏晓云注意收听！"我不相信我的耳朵，但姥姥也听见了，她说："听着！听着！"瞪大了眼睛听着，果然是妈妈给我们通的信息，像我一样从没有眼泪的姥姥，竟也热泪盈眶了。反而是我，无动于衷，虽然我也很高兴有了母亲的踪迹。

我还记得那天播音小姐大概是重感冒了，她一边说话，一边呛得咳嗽，就仿佛她是被关在一间浓烟的屋子里。她播完了别人的通信，又替自己播了一个给她的朋友，她说："××，××，还听得出我的声音吗?"跟着她就哭泣了。

唉！我不要回想这么多了，回忆过去，也有辛酸，也有快乐，感情这样起伏，我真感觉疲乏了。

我把照相簿收起，再去洗洗手，我要躺到床上眯一会儿。

是什么时候了？我从迷乱的梦中惊醒来。记得是挽着晶晶的手，失足掉入路边的小溪中。溪水寒冷极了，我喊也喊不出，幸亏晶晶的爸爸来了，我向他张手，他拉着我，那么困难，又扶着我的头，那带着浓重汗毛的手掌……我呼吸困难地睁开眼，是妈妈站在我的床边！她给我盖上毯子摸我的头，我的手压住了胸部，所以梦里也难过。

屋里灯亮了，我知道刚才是从梦境中醒来，但乍一见晃眼的灯光，使我分不清时间，我问妈：

"几点了？"

"不舒服了吗？直哼哼的。"妈不答复，反问我。

"大概是睡冷了，梦见掉在水里。"我笑笑把毯子裹上肩头，一下子又想起老年头儿那张铺了毯子的藤椅来。

母亲这才安心地展开笑容。她今天很美，是因为在灯下的缘故吗？不，她确实是着意地打扮过，两颊搽了些胭脂，还难得地戴上一副一粒珠的耳环，立刻把她变得——艳丽了。她原应该打扮的，她用不着守着古老的规矩，丈夫死了，自己也死了一半，打扮并不等于愧对死去的爸爸，那种思想应当改变。或许妈妈认为"女为悦己者容"，所以……那么她今天怎么兴致这么高呢？

我看妈妈转身去换衣服，摘下耳环，却站在镜前停止动作地呆着，我不由得问：

"我猜妈是和敏姨出去了吧？"

"嗯?"她心不在焉地转身来,仿佛没有听清楚我说什么,又说:"噢,是跟敏姨看了场电影。"

"什么片子?"

"什么片子呀!那什么——我糊涂死了,很有名的……"

妈的确很糊涂,尤其是对于娱乐方面。

"《葡萄成熟时》?"我问。

"对啦对啦,《葡萄成熟时》。"

"值得一看再看的好片子。"

"每个角色都演得好,即使那要喝酒的老头子,那群从西班牙来的工人们。"

"您说那个弟弟怎会爱上了一个比他大的女人,而且她并没有什么好看。他岂不应当追求那妹妹更合适些吗?"

"弟弟自幼失去家庭的温暖,所以遇到一个关切他的女人,就有一种依赖的爱产生了。"

妈妈真有她的一份见地呢!依赖的爱?我翻身仰面躺着,把两手垫在后颈下,对着天花板,希望从那上面找出一些答案来,但我竟茫茫然的。

"猪肝是要氽汤还是炒?"妈妈问我,"要不然给你下在面条里好不好?"

"那您呢?吃什么?"

“我不饿了，看完电影遇见林教授，他又请我们吃了点心。”

她说着向厨房走去，看她穿着那件三四年前做的薄呢旗袍，我不禁又问：

“美惠结婚您穿什么？”

“我还不好办！”她无所谓地回答。

除了满心关切我以外，妈妈对任何事似乎都没有什么兴趣，近年来她更有一种要对我有所补偿的样子，补偿她曾经那么多年没有照顾我吧？那么我也就理所当然地承受这份依赖的爱喽！

“依赖”这两个字，妈妈用得好，我很喜欢。人与人间的感情，恐怕都是有依赖的成分吧？不光是指男女间的爱情。

依赖，是心情的依赖，不是物质的依赖。

这使我记起一件好多年前的事。姥姥的一位朋友，我叫她张老姑的，是一个孤女，寄养在她的表上加表的表舅妈家，备受虐待，最后终于逃离这家。许多别的亲族愿意收留她，她也确实转了几家亲戚，最后嫁了人。但是她后来仍然和表舅妈往来得比其他的亲戚更密切，亲友们气得骂她“贱骨头”。她和姥姥谈起来，也解释不出自己的心情：为何她竟像一片铁，总是倾向于吸铁石——她这样比喻她的表舅母。

记得姥姥曾对她这么说：“好坏事总怕个‘惯’字，你虽然反抗她的虐待，但是你在她家其余的事都习惯了，到别处去，对人对事，样样都得打头儿来，就不惯了。”

这就是说，在无形中张老姑对于表舅母，已经有了浓重的依赖的情感吧？这使我觉得人总是惰性的动物，懒洋洋的时候最舒服。在学校时，老师讲牛顿的惯性定律说，乘车时，车开动了，你的身子往后倒，车停了，你的身子往前冲，全是一股懒劲儿在作祟呀！

如果以这种逻辑来解释婚姻，可以说许多不愉快的婚姻所以还在那儿勉强地拖延着，总还是双方有些地方在彼此依赖着，懒得分开吧！人类原来是一个懒惰的大结合呀！

四

今天为了要欢送文渊离台和顺便请美惠和李新一对新婚夫妇，我不得不临时向梁家请一次假。本来晶晶的功课日渐紧张，我不应当脱班的。原打算吃过晚饭把客人扔在家里，我去梁家，但是妈妈和美惠都要我请一天假，说等到星期天再替晶晶补一次好了。我在公共电话亭打电话，拨过去，是个男人接的，我结结巴巴地问：“你你你是哪一位？”

“我梁思敬，你哪一位？夏小姐吧？”是晶晶的爸爸，声音是低沉的，我觉得不安了，因为我们很少说话。

我告诉他请一次假的事，他毫不考虑而简单地说：“好好好。”

但在我无话可说刚要挂断的时候，是梁太太又接过来了，我照样地告诉她一遍，她的话就多些，她说："没得关系，你尽管和妈妈陪客人吧！明朝会。"

我挂上电话，心里很不舒服。靠在电话亭里想：梁太太对我的态度，使我有一种被赏赐的感觉，施给我一次恩惠似的！也许是我太敏感了，如果她也和梁先生那样简单地答应一个"好"，我岂不又以为她生气了？

其实她对于她的丈夫还不是一样？想起来也怪可笑的，每逢她对梁先生下一道命令的时候，梁先生总是"嗯——"一声，然后才点头说："好吧！"我想他"嗯"的时候，一定是在考虑要不要反对，但是某一种意念又压倒他前一个反抗的企图，于是他终于还是"好吧"！这一定也就是母亲那天所说的"依赖"——被我解释的所谓"惰性"吧！

晶晶的爸爸看来的确是有股懒劲儿，起码对于家庭是如此的，我猜想……

"还打不打电话啦？"

有人隔着玻璃在催我了，真糊涂，我想什么呢？为什么停在电话间里发呆！

我猜想梁先生对于家庭是没有主权的，他乐得闲在一旁看书报。那姿势很有趣，他的头发有些天然鬈曲，不宜于梳刷得油亮，他就随它们蓬松着，所以才看来更年轻吧？而梁太太的头发就从来一丝不荀，仿佛连她那很有主张的个性都表现出来了。

他坐在那大红色的玻璃布面的沙发上，身子总是向前倾着，两腕压在两个膝盖上，在沙发前的小桌上翻动报纸。他一定常常在想什么，因为有时并不翻动报纸，我不信他看得那么仔细，难道连广告都逐字细读吗？

应当有个年轻淘气的太太，倚在他的身旁逗他。如果那年轻太太过去把他的报纸一掀，说："别闷在屋子里了，我们到桥上散散步去！"他一定会搂着年轻太太的腰，漫步于灯与水照映的桥上，哪怕不说一句话，也是享受。这种情调也许还适于晶晶的爸爸，但对于梁太太，就满不是那么回事儿了。

我很愁闷，也许天气的关系。这时天又阴了，气压低沉，使我的心情有一种在莫名挣扎的感觉。我不太喜欢教晶晶的这份工作，但是我非常喜欢晶晶这孩子。在她那家里，有一些气氛使我不愉快。但好在这不是长久的，我又凭什么要人家的气氛来迎合我的心情呢！

别忘了，妈妈让我顺便带些水果回去。木瓜已经陈列在水果摊上了，文渊最喜欢吃的，但是我如果光买了木瓜回去，大家还真以为我为他买的呢！他一定也美得要死，我才不干！然而，也没有什么果子了，除非买个大西瓜回去，太大了，怎么吃得下？管它呢！买回去再说。

我提了二十斤一个的大西瓜，再加上两个木瓜，真够吃力的。

回到了家门口，把水果篮放在地上，手都颤抖了，是提得太重、走得太多的缘故。

按铃后来开门的是文渊，他一看见我，立刻以那种脉脉含情的样子看着我，我很烦，简直是假微笑地点下头，赶紧转过脸去装没看见，问道："美惠他们来了吗？"

其实我已经看见美惠站在房门口了。

美惠才结婚三天，但她已经不是三天前的美惠了；她穿着绣花缎旗袍，戴了些首饰，珠光宝气，光艳照人。

文渊提了水果篮，我在他前面向屋中走去。进了屋子，我故意挤起一只眼睛看美惠，淘气地笑了，她红了脸，不好意思地轻轻打了我一下，完全是新娘子味儿！

李新也是一身新西装，不像平常那种不修边幅的样子，这一对夫妇结了婚全变了样儿了。但他们这样儿能维持多久？美惠一定很快就会生小孩的，他们计划要一口气生三个呢！

文渊大概三天前做伴郎的那股热情劲儿还没消散，又加上他明天就要远行，所以时时做出依依不舍的意思来。我到厨房，我给客人送茶端水，都有他一份，仿佛他也是这家的半个主人，他好像完全忘记他也是客人之一了。

今天敏姨才是以客人的身份变成主人，因为她要帮妈妈烧菜，而且林教授也是敏姨邀请来的。李新和文渊都是林教授的学生，一个远行，一个新婚，他来凑这份热闹是应该的。

林教授是第一次来我们家，虽然我偶然听敏姨和妈妈提起过，而且很敬佩他的为人，但是从来没见过他本人。他比我想象中更年轻些，谈吐间就可以听出他为人的豁达。他正以前辈留学生的资格在向文渊谈着，别人也听得有味。

敏姨看见林教授来了，她也由厨房出来陪坐着谈话，只有妈妈一个人在厨房里，但也不时跑出来凑两句热闹。

屋中这时的空气很融洽，但是这种情景明日就不可复得了，因为明天文渊远行，两年后才回来，李新和美惠也将调到新竹去工作，而且他们成立了家庭，将来有了孩子，像以前那样随时来往，也不是太容易的事了。这水源路下的小屋，虽然仅是我们母女寂寞地居住着，但是友谊的温暖，给这小屋增加了许多难忘的愉快。即使是文渊，如果他对我不以想达到婚姻为目的的话，也不失其纯洁可爱；他说着愤世嫉俗的话，有着不可想象的理想和抱负，连李新都说他："天真，完全天真的想法。"

话题转到电影上去了，林教授去年还离开了台湾，他把二十年前和去年的美国比较，使他感慨美国文明的进步，电影和电视当然不免谈到。

说到电影，我忽然想起来了，便问坐在身旁的敏姨：

"您觉得《葡萄成熟时》这部片子怎么样？"

"听说很好，我没有看。"她回答。

“没看?”我惊奇地大声问。

“那两天简直没工夫。”她两肩一耸,两手一伸,无可奈何的样子。

我突然觉得浑身发凉,脑子有些不清楚,不由得看了林教授一眼,他正谈得高兴,没听见我们说话。那天如果不是敏姨和妈妈去看的电影,又是谁呢?但是我警告自己不要胡猜疑,也许我自己没听清楚妈的话。那是不可能的,对于妈是不可能的!

我发现母亲又由厨房出来了,便赶快站起身离开敏姨,我是怕妈妈过来,我们谈话如果无形中对证起这件事,对于妈岂不是太难为情了?

我假装到卧室去拿什么,但是没有捻开灯。因为阴天,夜晚来得更早些,窗外一片漆黑,已经什么也看不见了,我拉上窗帘,就坐在床上靠着床栏,从这屋里看到外屋,清清楚楚,但是不曾被人发现我。

外屋在摆桌了,大家七手八脚地都站起来帮忙。

妈妈先拿了一叠湿毛巾请大家擦手,拿给林教授的时候,他非常客气,谦恭而有礼,他们应当是很——很有距离的,我不要猜疑得太多。

但即使妈妈真有一个伴侣,难道不应该吗?父亲死的时候,她才不过三十几岁,再加上爸爸病了两三年,她的幸福的夫妇生活,才有多久呢?妈妈不能跟姥姥比,姥姥靠甜蜜的回忆和对外孙女的希望而生活,自有她的乐趣,妈妈和我是生存在这最现实的时代啊!

再说，缺乏了男性的家庭，许多事情都是无依无靠的，家中每逢有什么要商量的事，妈妈总是去找敏姨，敏姨遇事有男人般的魄力，在女人群中是少有的。一般女性都是不能解决太大的事。妈妈希望我能和文渊结合，恐怕也是基于这种心情吧！

“晓云！晓云！”

妈妈不知叫了我多久，我才听见，还是拉琪跑进来咬我的裙角，我才惊醒的。

我赶快跑出去，一面用手绢把我的蓬松的长发系起来，表示我到卧室去，是整理一些私事。吃饭的时候，大家举杯祝文渊顺风，林教授说：

“不要像一些留学生，一出去就不想回来！”

“老师，我是根本不想出去的！”文渊说的时候，很快地瞥了我一眼。我赶紧把眼光避开，转身回头去拿小毛巾，表示我没注意这句话的意义。

说实在的，我很辜负文渊对我的一番好意，但爱情能勉强吗？我何尝不想试着想念他的许多好处，但是没有用，无论如何，他在我心目中是个哥哥，但愿我们兄妹般的友谊永远存在，在美国，我已经把几个女同学的地址介绍给他了。

在他留学的这两年里，人事不知会怎样地变化，就是在两个月前，怎又预料有今天的场面——文渊出去了，美惠结婚要到另一个城市去生活，以及——妈妈不知到底和哪一个去看的《葡萄成熟时》?

在友谊的情分上，我也确实不应当对文渊太拒于千里之外，他在台湾没有家，出外所怀念的还不是我们这一屋子人！我想到这儿，不免举起杯子来说：

“文渊，我敬你一杯，可是我不能喝酒，意思意思。”

文渊慌得什么似的，受宠若惊地举起杯子，一饮而尽。我知道大家会怎么想——对于我这么做，一定心中都表示满意。但是我接着又照样敬了美惠和李新，敬了林教授、敏姨和妈妈，仿佛不专是为他敬酒了。

谈不完的话，吃完饭还在继续着。

墙边三角架上最高一层，摆着爸生前和妈的合照，爸虎视眈眈地望着这一屋子客人！他一个也不认识。这张合照是远在我还没来台湾以前拍的，总在十二年前了。妈妈的风韵不错，斜着头靠在爸爸的胸前。魁伟的爸爸，使我看不出妈妈当年迷恋他的原因，起码在我看到爸妈时，他们只是一对普通的夫妻，一点儿情趣都没有，还不如我和姥姥，或者我和妈妈过得有味儿呢！

记得我和妈妈乘美信轮到基隆时，爸爸来接我们，我和妈都在臂间缠着一块黑纱给姥姥戴孝，妈妈一看见爸爸就哭了，当然，她怀念她的母亲，又高兴终于带了女儿来团聚，正是悲喜交集。

妈说：“晓云，叫爸爸呀！”说完她就转过身蒙着脸哭了。

爸爸拉着我的手说:“晓云,你来了,好,好。”

我鞠了一个躬,嘴里喃喃地叫“爸爸”,不像女儿见父亲,倒像小学生见校长。

——这是爸爸,使我们的家庭生活多年陷于空落;使我在那注重身世的北方城市中成为一个身份不明的女孩子;使我在公开的场合被不明不白地唾一口。许多积累的观念使得我见了爸爸很少说话,更不要说表示亲情。至今我还觉得我们离得这么远,如果爸爸多活些年,也许我们父女的情感会渐渐建立起来,会互相“依赖”下去,因为爸有许多受教多年的学生,都非常敬佩他的为人和学问。但是他那么早就死去了,我虽然是十六岁才失去父亲,但陌生的程度和四岁失父差不多,我们相处只有四年,他倒病了两年。

爸爸病弱的时候,他的大女儿夏文芳常来,她比妈妈小四岁,总是一脸的官司,来了要妈请这医生,请那医生,爸爸也很腻烦她。她之出现,就是一种提醒爸爸不要忘记海那边还有一大家子真正是爸的亲人的意思。到底是她破坏了我们这三人小组的家庭生活,还是妈破坏了他们的古老的大家庭呢?

我的倔强也够瞧的,从不肯从我嘴里叫她一声“姐姐”,我对她陌生得在路上遇见都不打招呼,除非是有妈妈在一起,我才不得已地微点下头。她的丈夫沈克康是一家大纺织公司的经理,生活得够好,爸的丧事,倒成了他们表现社会地位的一次机会了。

敏姨和夏文芳是同学，她来吊祭爸爸的丧，才发现妈妈是学校校务处的一位同事。

爸爸死了，薄少的遗产也被夏文芳拿去了，我们之间还有什么纠葛呢，所以以后很少来往，只有祭日碰碰头，这样倒落得简单明了了。

爸不要再瞪视我们了！我把小茶儿上的一小瓶花送上了三角架，遮住爸爸的脸。小茶儿要腾出地盘来放西瓜，给大家吃。

当客人们起身告辞的时候，夜已经深了，如果不是敏姨的催促，文渊还不愿提走的话呢，他明天一早就要到基隆上船，我说太早了不能去送行，今晚送他到公车站吧！

我披上一件毛衣随着客人们出来，林教授和敏姨出了巷口就雇上三轮车同道走了，只剩下我们四个漫步着。

李新和美惠故意走在前面，留下我和文渊落在后面。

真奇怪，只要我俩单独在一起，就没有什么可说的了，我找了一句话：

“到了美国就可以跟你舅舅见面了，比在无亲无故的台湾还强呢！高兴吧?”他是多亏了他舅舅两千四百美金的存款才出得了国。

“不见得，我的心仍在台湾。”

我一时没再说什么，因为这句话怪难接茬儿。停一下，他小声而又激动地叫我：“晓云！”

“嗯?”

“答应跟我通信，可以吧？”

我没答话。

我怎么答复他呢？他所谓的通信，不是指普通的信。他见我不答应，又轻轻说：“不愿意吗？”

“没有呀！你当然要把新大陆的风光告诉我们这些土包子。我们也会不时把这里情形告诉你。”

这个答复，太不够罗曼蒂克了，他当然不会满意。那又有什么法子？文渊会对美惠说，他对于等待我有一种时间的耐性，但当我们的空间拉长了，这耐性能没有变动吗？

到了公车站，我们四个人又站在一起了，我和美惠、李新谈他们到新竹工作的事情，文渊竟难得地在一旁沉默着。

李新工作的厂子是在新竹的郊外，因此美惠也就请求调到那附近的一所学校教书。只要离开台北这样的都市，房子就好办，据说他们住处的环境很不错。美惠邀我和妈妈几时到那里去住几天。

“可惜没有机会请你去玩，只好等你回来了。”美惠回过头去对文渊说。

这时车子来了，美惠和李新催着文渊上车，他等到所有乘客都上了车，才最后一个上去，头还探出窗口来和我们招呼。车开动了，他不放松地注视着我，我知道我太狠心了，我只摇摆着手说：“再见！一路平安！”连“到那儿多多来信”这么一句话都吝啬得不肯说。

当车远去，我再回头来看美惠时，她竟满眶眼泪，谁知道她哭的是什么！是舍不得好友远行，还是为我们无法捏合的爱情而悲哀？

五

来了一阵日光下的暴雨，雨是斜的，夹着风，在太阳底下闪着金光。望望天，美丽极了，黄昏的残霞是深玫瑰色，只有舞台上女人的妆才用那么浓的红胭脂。

洗衣服的台湾老阿婆，来取残食喂猪，被阻在家里了，她倚着门柱说：

“今晚怕有台风。”

“怎么见得呢？因为有太阳而下雨？”我问。

“台风前的景象是最美的。”她望着天色和雨丝说。

啊！老阿婆的话是多么地富有诗意和哲理！

暴风雨前的景象是最美的！

这时金色的雨已经停了，但是空气不知因了什么自然现象的变化，空中还散着雾般的湿气。我的手掌向空中张开接受湿雾，看着老阿婆多皱的脸说：

“现在不是台风季节呀！阿婆。”

“有时候它也会轻轻地来一下子。”

我是在想晚上到晶晶家教书，要怎么准备，要不要多带件衣服或雨衣什么的？但是这时风也停了，并没有一点儿狂风暴雨来临的现象。老阿婆的话也不一定靠得住，我放心地进屋只拿了一件薄毛衣出来。

母亲追出来："带长的厚的去，要不然再穿上件背心。"

"您倒忘不了我穿背心的老毛病！"我撅起嘴说。

母亲噗嗤笑了。原来这又是姥姥对我无微不至的地方，我小时每逢冬季就咳嗽，姥姥曾经给我做了一件姜汁背心：用许多老姜榨出汁来，把棉花浸在姜汁里，等晾干后塞在背心里。这件姜汁背心就在冬天给我贴身穿着，说是可以治咳嗽。所以妈妈一想到我的身体，就不由得要我穿背心，她大大小小给我织了六七件毛背心，只是没有姜汁罢了！

我没有依妈妈嘱咐，仍然是这样出了门。老阿婆提着残食桶陪我走一阵，看吧，她只是一身肥大的单布衣裤，我这年轻人该是多么地惭愧呢！

到了晶晶家里，她刚吃过饭，和她的妈妈正在房里削苹果吃，看见我来了，赶快又削一个给我。梁太太这两天正不舒服，今天的情形大概更不好，因为她都懒得化妆了，脸上不施脂粉，眉毛也没画，真不是样儿，眼角的皱纹像把扇子似的，随着她的说话一开一合。

美惠给我寄来了一些小学毕业班各科测验试题，我拿来给晶晶做。我觉得多做测验试题比温习死背更有用，连着这几晚，都是让她每晚做一科测验题，今天我给她的是自然科测验题，让她看着座钟自己把握时间。

让她静心地做答题，我到外屋来闲坐着。外面房檐的铁板哗哗地响，是起风了，那么老阿婆说的真不错，真会有风台吗？

我拿起一张晚报没看两行，梁太太忽然问我：

“你妈妈是不是叫孙曼云？”

“是呀！”我很奇怪，她怎么忽然问起这个，而且从哪儿知道的？但是我决不问她，我沉得住气。

“沈克康是你亲戚吗？”

“沈克康？嗯，是呀！”越问越奇怪了，她刚说出沈克康的名字，我还真一时想不起呢，他虽是我的姐夫，但是我们生疏得像不认识一样。

“沈克康和晶晶的爸爸都是纺织界的朋友。”

我倒忘了，晶晶的爸爸是在台湾最大的旭光纺织公司做事，和沈克康当然是同行了。

“喏，昨天你出去，走进来的就是沈克康嘛！”

“啊！”我斜头想了想，昨天我出门确是有一个男人进来，在没有灯光的院门处，我并没理会。我点点头。她又问：

“你们是什么亲戚？”

她问得实在太多了，是真的沈克康没对她说明，还是她故意问我？我沉思了一下，只好这么说：

“沈克康的太太也姓夏。”

也许我说话有些吞吐，使她感觉不便多问，她这才没再谈下去。我翻动着报纸，也无心看下去了，只听外面的风东冲西撞，确是台风的意思。我心想，人，什么地方都会遇着的，在这半乡镇的角落里，我也会被沈克康发现，台湾真不大！既然他告诉了梁太太妈妈的姓名，还能不说出我们的关系吗？但这又有什么关系呢？

我为什么怕梁太太知道，就因为她总是表现着自己高于一切吗？我借着看晶晶的功课，起身走进书房，晶晶已经做得差不多了。这时门铃响了，随着就听见晶晶的爸爸回来的声音，他进门来就和梁太太说：“好大风，街上灯都灭了！”

我一听怪着急的，怎么走这一路回家？盼着风能停。

接着外屋没有声音了，大概晶晶的爸爸又在翻动书报，那似乎是他回到家来的唯一工作，还是当女儿每天占据了他的书房才这样？

晶晶把功课做完交给我，我轻轻对她说：“我要早回去，带回家给你批改吧！”晶晶点头。

晶晶的爸爸进来了，他看见我似乎一惊，没想到在这大风的晚上，我还待在他的书房里吧？他“哦”了一声，向我点点头。他穿着浅灰色花点的 home spun，敞开纽子，两手插在裤袋里。当他以不知有客人在屋里的无拘束的样子走进来，是很有点儿洒脱劲儿的。

顷刻之间，屋里的电灯也在一闪一闪地明灭着，终于全灭了。晶晶撒娇地说：

"爸爸一进来，就给我们家里带来黑暗！"

当他们喊着阿兰找蜡烛的时候，我对晶晶说："家里如果有手电筒借我一个吧！"

"你不要走了。"晶晶说。

"那怎么可以，我妈妈也等我呀！"

这时梁太太举着一只白蜡烛进来，烛光照在她披散着的头发和黄亮的脸上，我有点怕。

阿兰也进来了，晶晶的爸爸说："路上黑，叫阿兰送夏小姐吧！"

"啊！怕！"阿兰立刻缩着身子笑说。

"那么，"梁太太向梁先生说，"你送送夏小姐吧。"

"不必，没关系！"我不知道这位男主人会表示什么，所以我干脆先仗着胆子逞能这么说。

"当然要送，当然。"梁先生说。

既然当然要送，为什么刚才不敢一下子开口说自己送，而要阿兰送呢？非等太太的命令吗？

我整理晶晶的测验卷子，烛光在我身前的桌上摇曳着，晶晶的爸爸就站在椅背后面等着我。我心里有点乱，以轻微的咳嗽掩饰我的不安。

我收拾好袋夹，准备要走，他还呆靠在椅背，眼望着烛光。我微笑地看着晶晶，晶晶喊了：

“爸爸，发什么傻，走啦！”

他这才如梦初醒地抬起头来，逗逗晶晶的下巴，很无聊的样子。

走到外屋，梁太太正在整理什么。我说：“真对不起，您不舒服，休息吧！”

“好走，这样大风还害你跑。妈妈要着急了吧！”

“不会，我又不是小孩子。”

她总是拿我当小孩子，我是老师哪！

门一打开，正好来一阵风，立刻把门打倒一边，晶晶的爸爸向阿兰要了街门的钥匙，他告诉阿兰，不用等给他开门了。

路上果然黑得很。风打过来又打过去，像个淘气的小孩子，围绕在大人的身边乱跑。它跑在前，我的前裙被吹蓬起来；它跑在后，我的后裙又鼓起来。我一手拿着书本，一手要理裙子，忙死了。

路上一个行人也没有，这是一个应当停止一切行动的晚上，我为什么还跑了出来呢？责任心重，只是一半的理由，另一半是由于这家里有一股吸引我的力量。看晶晶父女俩的偎倚，我欣赏；听外屋夫妇无声，而他独自翻阅报纸，我同情。我不信他们这三人过得比我和妈更愉快，无论他们的家庭怎样富有与平静，那表面明亮的后面，总有一道阴影的，我相信。

手电筒的光圈投在小巷的地上，有时看起脚下的东西并不太清楚，我最怕是有吹断的电线落在地上，其实，电都断了，还怕碰到电流吗？

他一直没有说话，我这时很大胆，转过脸直看他的脸，太暗了，看不清楚。他只顾低头走，好像专心在给我挑选可走的路。但他忽然伸出手来说：

“把书来给我拿吧！”

他好像知道我在看他，所以这么说似的。

我也就不客气地把袋夹递给他，“那么手电筒由我来拿吧！”

“也好，”他交给我手电筒，居然也说了一句笑话，“有人是愿意照耀人而不愿被照耀的！”

“那倒也不是，手电筒拿久了手也很酸呢！”

说话开了头，我真希望他再跟我谈下去，当然，沉默也是很有意思的，因为当两个人不说话的时候，各人的心里一定是有更多的话。

一阵风迎面吹来太猛了，我不由得翻转身体，倒走了两步，长发都被吹到前面来，我并不太觉得冷，但却故意地缩起两肩。

“冷吗？”他担心地问我。

“还好。”我只是瞎回答，这并不是我心里的话。

“披上我的衣服吧。”说着他就在脱。

我连忙说："不用，一会儿就到家了！"

"那怎么可以，你的身体不好。"他已经脱下了衣服，我只好停住脚步，随他替我披上。

我虽然不太冷，但是这件还带着他身体的热气的衣服，毕竟还是给我增加了温暖和莫名的神秘的感觉。我一手捏住竖起的衣领，免得被风吹落，忽然想：他怎么知道我身体不好？并且这样关心着我。

我一时没有说什么，心中却起了一阵凄凉，在这漆黑的现实中，我无所适从，只有裹紧了这件外衣，别让这股暖意溜走了。

然而，走到有微弱灯光的街上了。

我停止脚步说："有亮光了，风也小了，我自己走吧。"

"我送，当然要送到家。"他轻推着我前进，简直是强迫的，没有让人还嘴的地步，我也就只好走下去。其实公车还是照样开驶的，但我不提醒他这个。

手电筒可以不用了，我顺手放进他衣服口袋里。

走上桥，真奇怪，满以为四外的空旷，狂风一定毫无阻碍地袭击过来，谁知却意外的温和。也许这时我们被包围在台风的中心了，好像说，在最中间的台风眼中，一切反而是静止的，多么奇妙的大自然的现象！

我顺着桥栏走，很想停下来靠一靠，看看水，听听风，在奇妙的景象中做刹那的停留，不是很有趣吗？我这样想，不由得又望望身边的人。他咬着下嘴唇，背有些弯，那弯不是不健康，而是无可奈何的姿势。风吹鼓了他的衬衫，不知道他冷不冷？他不会冷的，任何男人把他自己的衣服披在一位小姐身上，都不会冷的。

我倒有些热了，伸出一只手轻点着桥栏。他问我：

“平常做什么消遣？”

“是在家里的时候多。”

“陪着妈妈？”

“我妈妈也办公呢！”

“哦？”他略感惊奇地抬头望着我。难道沈克康没告诉他我们生活的情形？也许不会，男人对于别人家庭的细节是不太注意的，何况那天沈克康去，他并不在家。

如果是他太太，一定会接着问在哪里办公呀，赚多少钱呀，但是他就不再问下去了。我们又无言地走下去，我非常喜欢这意味，略略地靠近他，只是他不太理会，这又有什么关系，我这时的心情，本不要别人知道的。

过了桥，面前的公车站上正好停下一辆车，我说：“如果我赶上去，可以坐一站到我家的。”我看他怎样反应。

“你难道走累了吗？”

“还好。”

“那么就算陪我走一站吧！”

我笑了，“我是觉得不好意思，让你走这么远，还得走回去。”

“我回去倒可以乘最后一班车了！”

一直快到家，我们的谈话才自然了，但这距离我在他家教书已经快两个月了呢！

“我们家很小。”我在进巷口时说。

“我们家也不大，比你们多一个人罢了。”他是故意的，还是无意的？我所谓的大小并不是指人口呀！

我们的巷子还好没有停电，家里的竹篱笆墙透出一条一条的光亮，母亲还没有睡。

我轻轻说：“到了。”

他也说：“到了？”

我把钥匙插进锁洞里，没有扭转，再把披在身上的衣服脱下来，“谢谢你。”我双手递给他。

他接过去，搭在手上，也把书夹还给我说，“好好洗一个热水澡睡觉吧！明天见！”

他转身走去，我才扭转锁开门进来，反身关门的时候，望着他的背影，心中有说不出的感激和愉快。

进了屋门，妈妈就问：“听着门外好像有人说话，是你吗？”

“是。”

“跟谁说话？”

“跟——跟梁家的朋友，顺路送我回来的。”

我为什么要撒谎？如果我说是晶晶的爸爸，又有什么关系呢？难道这事就像妈妈那天看电影一样的神秘吗？

这时风大起来了，雨也落着，玻璃窗格格地响，我帮着母亲把各处门窗关好，用报纸把窗户塞住，不然响得人夜里会失眠。

雨变急了，大了，我担心他，不知道这时在公车上？还是仍在路途风雨中挣扎？他的太太一定等得担心，晶晶也许上了床。在这眼前的时刻，他知道世上多了一个关心他的女人吗？男人生来就是要在外面担许多风险的，他要做给她们看，并赢得她们的芳心，不是吗？所以他即使在路上冒了风雨，也就变成理所当然了。

可怜的拉琪，我也叫它离开狗屋，到我们的床下避一晚。门窗已经堵塞得差不多，格格的响声没有了。

妈妈喊我：“去洗澡吧，水烧得很热。”

我请母亲替我拿睡衣来，我脱了毛衣和裙子到浴室去。

擦过了肥皂，我跳进澡盆里浸泡着，好像裹在新打的丝棉被里。我的胸部在暖暖的水中起伏着，热胀得有些发疼，但是很舒服。小小的浴室被热气迷漫了，我必须深深地呼吸。随着胸部的起伏，思潮也起伏着，我有着不可捉摸的迷梦。

母亲在叫我了，她说：“睡衣在这里，晓云，不要泡久了，还有你的两封信。”

"谁的?"

"新竹和美国来的。"

还用说,当然是美惠和文渊的,妈妈竟不说出名字来,真坏!

浴室中的空气确是不好,我离开它,外屋的清凉立刻使我恢复了清醒的头脑。我用干毛巾擦去脸上的汗,先拿起美惠的信。母亲问我美惠的近况,我看着信说:

"美惠不舒服了,她说她早上昏沉沉地懒得起来,如果在台北,一定会让我替她上课。"

"害喜啦,美惠这孩子!"妈妈高兴得喊起来。

"您怎么知道?她信上又没说。"

"你不信?准保是。这孩子,这孩子,说话就要当妈妈了。"妈笑了,她比我还兴奋。

等到我看文渊的信,妈妈不问了,她一定以为这是情书不便多问,但是我一样地告诉妈,我说:

"文渊的信上说,他是先实习后上课,所以去了就有钱可拿,他离我给他介绍的一位同学住的城很近,有机会一定去看她,信已经写给我的同学了。还——问您好。"

我把信装进信封里,扔在小儿上,太猛了,它一下滑到地上去,我也懒得拾起,就和母亲默对着,听外面风雨声。

停了一会儿,母亲懒洋洋地站起来说:"风太大,睡觉吧!"

我说："您先去睡，我要写两封信。"

母亲对于我这话也许很满意，她以为我要给文渊回信，当然就不催我睡觉了。

我确是一点睡意都没有，等母亲上了床，我把家中所有的灯都熄了，只留着书桌上的一盏小蓝灯，照射在一堆信件和纸张上。并且扭开了收音机，让莫扎特的夜曲，轻轻地陪伴我，这样就不感觉外面的风雨的威胁了。

我并没有做回信的工作，却是拿出我那份抄写未竟的小说底稿。《白鸟之死》已经剩下最后一段待略修改了。平常看别人写的小说觉得那么容易，并且苛毒地批评着，原来自己拿起笔来，却也千钧重呢！

最后一段，我几番斟酌，决定这样结束它：

"……再度的掌声不歇，老师轻轻地推我说：'出去吧，再谢一次幕！'我两手轻抚着白纱短裙快步地走出去，站在台口，我的两脚前后错置，深深地弯下腰去，做一个舞步的谢幕，掌声依然是那么热烈！我偷眼望着第三排座位上的祖母，她白发苍苍，这样明显地坐在观众中，她举起手，但没有鼓掌，是用那条大白绸巾在擦眼泪。您哭了吗？不要哭，奶奶，看我长这么高，这么结实了，我会永远地陪伴您。可是，为什么？我的眼睛也模糊了，眨一下眼睛，我的眼泪连串地滴落在台口上。但是奶奶，您看见没有，我笑了……"

我决定把它寄给《文苑半月》去，这是一本我最喜欢的纯文学刊物，但是它能刊出吗？给编辑先生写一封简短的信吧，告诉他这是我的第一次的投稿，希望得到他的鼓励。

地址呢？不要写在家里，退回来被妈妈看见怪难为情的，同时妈妈可以看出我是以什么心情在写这篇稿子——怀念姥姥没有关系，而把父母写成死去了，这是什么意思！

台北已经没有亲近的人的地址可借用了，除非——除非由晶晶的爸爸梁——梁——梁思敬办公的地方转，我这样写，不会被他怪罪吗？那么我再写封信告诉他这情形吧。

给编辑先生和晶晶爸爸的信也都写好了，我起了个笔名是孙芸。

时间这样不耐过，摸摸索索就是几个小时过去了，外面风声已经渐渐地平息，收音机也在向听众道晚安了。

妈妈的呼吸很匀称，她辛苦了一天，得到什么？女儿的谎言，茫茫的未来。

我把信件封好贴上邮票，放在我的书本里，明天一早寄出去，下午就可以到达了。

过度兴奋地处理这许多事，竟很难以入睡。把梅特林克的《青鸟》找出来，消磨这失眠之夜吧！希望那两个在记忆之土，在将来之国，在月宫，在森林寻找青鸟的小孩，把我带入梦境。青鸟的意义是幸福的象征，而它只有从自己的牺牲中才能得到。但幸福何能久握，奇妙美幻的世界，会像青鸟一样飞去！

六

几天来，全在不安中度过。没有得到晶晶爸爸的丝毫反应，真使我气馁！在给他写过信的第二天晚上，也就是台风的次日，他没有在家，第三天他出现在书房一下，只是在玻璃橱中取一本书，他对于我那种视若无睹的样子，就仿佛从来没有发生过在台风之夜送一个女孩子回家，也从来没有收到这个女孩子的信似的！以后连着两天这样下来，我完全失望了，别人常说的“自做多情”这句话，正应了我的情形；但是我实在忍不住，胸怀常常是被什么充塞得满胀的，总有一种要捉住一个什么，依靠它，倾诉出来的感觉。

昨天，也不知被什么所驱使，从家里茫然地走出巷口乘上公车，到他办公室的附近下车来，先到热闹的商店买了一包点心，又在文具店里买了一本记事本，这些原不一定非乘了车到这里买的。然后我故意的，但表面却是悠然无心地向那座新建的四层大厦走去，在门口的书摊前停下来，翻翻这书那书，却只花一块五毛钱买了一本《今日世界》。旭光纺织公司的冲天大招牌矗立在楼外，闪亮的金色大字被镶在有格子洞的金属板子上，从这条街走过，无论左去或右来，都看得见的。公司的人出出进进，最下的一层亮着荧光灯，我虽盯住每个出入的人，但是他们并没有注意到我。如果我毫不在意地走进去，向询问台问一声：“梁思敬先生在哪一层？”人家也许很平常地答复我

"二楼,二一二号"也说不定。我可以大大方方地上楼,找到二一二号敲敲门进去。但是我去做什么呢？只是问他收到我的信吗？有《文苑半月》的稿件退回他转给我吗？这也未免太小题大做了。

我站在书摊前翻阅着《今日世界》,当大批的人出来,登上他们的巨型交通车,并且铁栏门拉上了,我不得不失望地离开这里,我所希冀的那种不期然而遇,终没有成功。我踽踽独行,信步走到新公园,网球场中正有几个男女在玩着,我伫立在铁丝网外,心中不知为什么这样的愁闷。

今天,我又坐在书房里了,晶晶静静地做功课,我在给她批改昨天的作业。晶晶说,妈妈和爸爸都出去应酬了。这是很难得的现象。我两个多月来,简直没听说过他们夫妇一道出去过;对于晶晶的妈妈这是不平常的,事实上她也不爱出去,只是坐在家里发号施令,一架电话已经够她向四方八面联络的了。想到这对夫妇并不如我想的那么隔离,她今天竟也和他并肩而行,我心中愈加地不自然,觉得我日前写那信真是多余的事,怪不得得不到一点点表示,连表示说"我已经收到你的信了,一定接受你的托付"的意思都不曾有过。

想到这里,我真有要哭泣的心情,我被羞辱了,但咎由自取,我又怪谁？

阿兰端来了两杯牛奶和一碟威士饼干,她对晶晶说：

"你妈妈在打牌哟,刚才来了电话,说要很晚回来哟!"

"有什么稀奇!"晶晶瞪了一眼,那神气就像阿兰侮辱了她的妈妈。

"你妈妈向来不打牌的嘛!"阿兰嘻嘻地笑着,因为女主人不在家,她便也现出天真的孩子性来,当然,她也把我列入她们的孩子群了。

"妈一定是被人拖住了,"晶晶向我说,"她最不喜欢打牌呢!"

"是的,我看你妈妈不常出门,总是在家的时候多。她喜欢做什么?"我问。

"她吗,什么也不喜欢。"晶晶两眉向上一伸,嘴一抿,做了一个无奈的神气。

"只是喜欢管管你爸爸。"阿兰淘气地吐着舌头笑说,晶晶也笑了。

可见这家生活的内部,在阿兰的眼里是看得清清楚楚的,而晶晶似乎也不否认这一点。

阿兰看晶晶笑了,越发的大胆,挤到面前来,弯下腰伏身在书桌上,把头凑在台灯旁。

听阿兰的谈吐,一定是念过书的,所以我问:"阿兰,你小学读了几年?"

"读到五年级才休学的,老师,也教教我吧?"她嬉皮笑脸的。这时门铃响了,晶晶说:

“去开门吧，妈妈回来了，我告诉妈妈你没规矩。”

阿兰挤眼笑笑去开门，进来的却是晶晶的爸爸，阿兰跟着进来，立刻改变得很正经，倒招得我和晶晶都笑了。

晶晶的爸爸进来了，我和他目光相遇，他也就不得不向我点点头。我觉得很难过。他对我原来的印象也许不错，但是我多事的为投稿去打扰他，一定使他的感觉一反往日，而变得讨厌我了吧？如果再加上他听到沈克康谈起我的家庭情形，更是不把我放在眼里了，我怎么能不难过！

“妈妈怎么没和你一道回来？”晶晶问爸爸。

“她在打牌。”

“你怎么不等她？”

“要等很久，所以我先回来陪你。”爸爸向女儿开玩笑，但是看了我一眼笑笑，他站在晶晶的椅子的后面，台灯只照到他的胸部，他的脸在灯光的阴影中，看来仿佛更柔和些。晶晶听了也向我挤眉弄眼做个鬼脸，好像说：“你听听！”

他进到内室去，晶晶才又安静下去做她的功课。我很无聊，从头上摘下一个发夹来弹着玩，因为靠近日光台灯，只听见台灯里面发出极细的电流声。晶晶把头伏在桌上了，我看看手表说：

“你困了吗？倒是已经九点了。”

“不，我一定要把这些习题做完，因为明天要交的。”可怜的孩子，已经被考期日近逼得苦透了。她想想又说:“老师先回家吧!”

“不,我也陪着你,”我说,“但是把这杯牛奶喝下去吧,它可以给你提提精神。”

她好像不知道牛奶的香味,只是尽义务地喝下去,又埋头在她的功课上了。

我仰身靠在椅背上,拿起晶晶的笔记本翻阅着,用红笔改正上面的错字。

晶晶的爸爸不知什么时候走过来了,我并没有注意,直到一本书默默地递过来,压在晶晶的笔记本上面,我才吃惊地看到那上面《文苑半月》四个横写的大字。我不敢抬头看他,悄悄地翻开第一页,心忙意乱地顺着目录看,发现了“白鸟”两个字,底下是“孙芸”,我心跳得厉害极了。

页数是第二十四页,我顾不得看别人的作品,一下子便翻到了那一页,页里却夹着一封杂志社写给我的信,确是由梁思敬先生转的。我这时的惊喜,真是要喊出来了,但是我并不形之于色,内心虽然激动,却不便当着晶晶的面撕开那信,只是把信拿出来,放进我的书夹里,预备回家再看。现在先看一遍刊出的作品,是否经过许多的修改才和读者见面,因为第一,题目已经由“白鸟之死”改成“白鸟”两个字了。

我匆匆地看了一遍,全篇并没有什么被大删改。写的时候觉得很吃力，字数已经到达饱和，再也无法增加下去，但是登出来竟是那么短短的三页，而且发现许多地方写得很草率，原来原稿纸上钢笔字的作品和刊出后的铅字作品，仿佛变了。

他这样默默地把书递给我，不声张，也不解释，这种无言的动作，含着深切的彼此心知的意味——当两个人不说话的时候，表示他们的心里有更多的话，我一直是这样认为的。

而他今天的早归，更是专为了这件事的见证。想象他赶着回来，一定担心我会不会回家了，因为这是一个难得的机会呀！想到这些，一星期来的疑虑、不安，全在这顷刻间打消了。我是一个敏感的女孩，有太多的自卑，所以常被忧伤所侵袭，我以后应当怎样的除却我这种不良的性格呢！一切都不必惧怕吧，尽量寻找生命的快乐，把握幸福的每一时刻。

我这样劝告和鼓励自己，便很安心地阖起书来，把晶晶的作业抽到上面来继续阅改。晶晶没有注意这一切，她终于哈欠连天地放下书本，伸着懒腰站起来了。

我替她把书本整理好，放进书包里，我说："快去洗脸刷牙上床吧！"她道声"明天见"，歪歪斜斜地走进后面去了。

我走出外屋来的时候，他正在喝临睡前的牛乳，看见我出来，他站起来了。我大胆地说："谢谢你。"他说："何必这么客气。"

我开门出来，他也跟出来了，阿兰大概在帮晶晶打水洗浴，不然总是她出来送我的。走出街门,他说:“写得很好。”

“哪里,瞎写。”他居然读了我的作品,使我惭愧,不知怎样回答才好。

我们站在门口说话,被月亮的清光照着,远处传来青蛙的咯咯叫声。他说:

“我送你吧!”

我看着天空说:“不必了,有这么亮的月。”

他说:“正因为有踏月的兴趣,我送你到大街,好吧?”

我没有答应,但是我们已经开始走下去了。

“稿费来了要请客吧?”他当然是跟我开玩笑。

“我真要请,你肯去吗?”

“当然,稿费不是仍由我转吗?”

“是的,要是人家给的话。”

“好的,收到我就通知你。”

我决定乘公车,到大街上就请他回去,他果然淡淡地点点头,转身埋入黑暗的巷中。

回到家里来,母亲不在屋里。我以为她是在浴室中,便把《文苑半月》的来信拿出来。薄薄的信,先以为是稿费单,打开看原来是编辑先生的信。他说收到我的稿子看过后觉得我是一个很有希望的作者,为了鼓励我,稿子即刻发排了,提前于本期就可以刊出。看看日子，是我寄稿的第三天，那么，晶晶的爸爸是早收到了，却一直没有给我。如果他早给我，何至于使我不安了那么多天呢！而且这本《文苑半月》并不像是杂志社寄给我的，那一定就是他特意等到今天出版日买来看的了。这一切的含蓄是多么深切，我还要怪什么呢！

我走进屋去，捻开书桌上的台灯，才发现母亲在灯座下面压了一张条子：

“云儿：敏姨家的弟弟来了，说敏姨又犯老病，今天气促难过，要我去一趟照顾，晚上也许不能回来。洗浴后注意熄厨房的火，门窗关好。母留字。”

原来母亲是出去了，今晚一定不会回来，我先把家里一切都关闭好，再来细细享受一下读自己的作品的快乐吧。

书桌上放着烟灰碟，里面有好几支剩烟蒂，每支都被压挤得弯扭着。这是母亲吸的，她今晚怎么吸了这么多支烟？只是排遣自己的寂寞无聊吗？那她也用不着用力挤烟蒂呀！一定是她在想心事，也许愁闷难遣，拿烟蒂发泄吧！可怜的母亲，我怎么能知道你的心事！

我洗浴过后，舒舒服服地半躺在沙发上，再三地读着这本刊了自己第一篇作品的杂志，比较一下，别人的写作的确强多了，我还得努力。我对写作原是很有兴趣的，是承袭姥姥讲故事的爱好，但也承袭了母亲的懒散，所以一天天这样的混沌地过着，不知自己归宿何处，如果能努力于写作，接受这位编辑先生的鼓励，不是很好吗？

母亲走得很匆忙，看，这件老古董的黑印度绸外套，就团着扔在这里了，明天要穿又得熨一遍，让我来把它挂起来。咦！什么东西掉出来了？一封信——写给林平仓教授的，怎么会在妈的衣服口袋里？原来正是妈妈自己的笔迹，是她写给林教授的。信封还没有封口，我是不是可以抽出来看看？是不是可以？

我的心情很紧张，因为它使我感觉到妈和林教授之间是不普通的，如果它是一封被女儿看了不妥当的信怎么办呢？

这封信既然放在外衣口袋里，一定是妈妈预备带出去寄发的，但是因为敏姨家的弟弟来报告敏姨的病，她便急着走而丢在家里，所以它是被扔在外室的沙发椅上。

心情几度的挣扎，我终于抽出了这叠信纸，它竟密密麻麻地写了五页之多，我从头看下去：

平仓先生：

昨日晤谈，听了您许多宝贵的意见，和对我们母女的爱护，我首先应当感谢您。回家后云儿已经到家馆去了，寂寞庭院，只有小犬迎吠，我独自晚餐后，想着和您畅谈的情景，不禁使我联想到许多事，过去、眼前和未来，都从我脑中不断地往来穿梭。弱母女相依为命，确是有一股辛酸，但是命运既然这样安排了，我就得屈服于它。未来，我从来没有打算过，您劝慰我说，认命已经是落伍的名词，一个生于现代的人，应当有勇气改变自己的环境，走向更理想与快乐、健康之途。这样的话，敏姐也对我说过不少次。而且我并不是守旧的人，云儿的思想也很开明，如果有您这样一位处处令人敬慕，愿意以男性有力的双手，保护着我们母女俩，和您共同走向光明的坦途，我怎能一口拒绝？昨天您委婉而理智地对我谈着这些时，我不是铁石做的人，能毫不动情吗？您见我不说话，以为冒犯了我，而说："我的话太冲动了吗？"其实我是无法正面答复您。因为照着情理说起来，我是应当很快乐地接受您对我们这番情意的。何况自从接近您以后，我早已感觉到我们是渐渐趋向情感之途，您对我的爱护我也早有了解了，所以昨天您正式地向我提出这种计划时，我并不觉得突然，因为在心理上，我早已有此准备了。但午夜梦回，听云儿在熟睡中不自觉的咳声，我有多少改变自己环境的计划，都被这一咳声惊破了，在云儿没有得到她满意的归宿前，我以全心全爱守护着她，是我的责任，更无遗憾。

自从先夫谢世，我从来没有过打算改变环境的意念，这是我可以发誓的。但是也许我的消极的表面，很容易给人一种什么感觉，所以敏姐首先就在言谈中劝解我应当振作起来。其实她完全错误了，在和云儿的偎依中，我并没有什么不快乐，若有的话，也就是不时担心着云儿的病，但是她如今健康多多，每天在家里和外面的工作都能胜任愉快，这样，我又有什么不快乐的事情呢？

后来生活中撞进了您，倒是时时给我不安了，因为您确不比一般的人，您的言谈，您的情态，都渐渐在我心情上占了一块地位，这，我也无可否认的。但是这不安越在我心情上增加，我竟越发地要推出去，这矛盾的心情，实在应当源溯到我的身世所造成的环境。我拙于言谈，您是知道的，所以即使和您单独见面，我也辞不达意，话一说出，妥不妥当，驷马难追，写在纸上，可以涂涂改改，就安心得多了。今晚窗外月华如水，我只当月下和您清谈，畅我所言，就得从头说起了。

先外祖游宦京城的时候，在城南的会馆里，发现了一个苦读的青年（他当时只有十六岁，只可算是少年吧）荧然灯下，先外祖为他的朗诵声所感动，打听之下，原来这是一个无依无告的孤儿，先外祖爱才如命，不但帮助他，提携他，而且把唯一的女儿许嫁给他。

先外祖母不太赞成这门亲事，她认为没有亲戚的往来，是使门第无光的。在杭州的西子湖畔是我们的老家，先外祖母说，那里有的是门当户对的世家子弟可以联姻，但是拗不过先外祖的固执，终于把女儿草草遣嫁，那就是我的母亲。先母和她的母亲刚刚相反，她和丈夫恩爱逾恒，这个家庭的组织很别致，是先外祖带着女儿和女婿，先外祖母却固守老屋不肯到京城来，不久就含怨而孤独地死在家乡。

孤苦的童年，使先父体弱多病，即使是美满的婚姻，也不能挽回他的痼疾，终于在二十几岁上就与世长辞，遗下先母和稚龄的我，我还遗落一笔，在先父去世的前一年，先外祖已早一步故去。

京城里，只剩下流落异乡的我们母女，但是那情景并不太凄凉，因为我们的生活还过得去，先母对于我寄望甚高，她常说先父先外祖都是饱学之士，先父的才华更是使天都嫉妒，所以早早地要了他的命。她要我好好用功，她说一脉单传，多么寂寞，我们应当使家族热闹起来。我接受新教育的洗礼，又没有经过大家庭的热闹，所以先母的希望并不在我的理会中，当读到大一的那年，我的恩师夏一峰先生就成了我的丈夫。

先夫的为人，您也许听说过，人人都说他一生没有做错过事，只有和我的结合是一桩大错。我相信这话，但是我可以说，对于别人这也许是个错误，但对我们俩本身来说，我就从来不认为是错的，我虽愧对先母，却并不后悔我们的结合。

但是周围的许多事情，都为我和先夫的结合而破坏了，先母伤透了心，先夫的家庭失去了主人，还有小女云儿，人生的开始就使她过了有缺陷的家庭生活，而后来她又是那么尴尬地生活在人群中，所以造成她是敏感而内向的女孩，我对她实在缺欠了许多。

云儿事母至孝，比起不孝的我强得多多了。我对许多人都是缺欠的，先母在那最艰苦的日子里，为我照顾云儿，直到把云儿交给我，她才很不甘心地死去。先夫为了我抛弃家庭和事业，带着我躲避海隅。现在这些人都去了，只有云儿还活生生地在我的身边，但她这么娇弱，我再不能让我有任何的变化而给她情感上的打击。

所以，我今后的时光多半是照顾云儿，但我的这种行为并不是在对已往赎罪，事实上是她需要照顾，直到她有了更美满的归宿，而不需要我照顾的时候。

您有很多机会可以得到比我更完美的女性和更幸福的婚姻，请不要为我担心。虽然有一天我接到您和别的女人结婚喜帖时，不无怅然，但是在目前，确是一切都不如我和云儿的偎依更重要！

先夫死后，没有人督促我执笔了，笔下荒疏，心绪又乱，涂抹只是略表心意。夜阑人寂，多多保重。

曼云于十七日灯下

看完妈妈的信，我把它放置在腿上，深深地舒了一口气，倒在沙发背靠上。原来我在不自觉间是紧张着心情看完这封信的。它不是一封情书，但是它的情意深长。妈妈向一个男人道出了她从没有对人说过的心情，而最后的结论竟落在“云儿”身上！我是幸呢，还是不幸呢？

幸与不幸应当怎样解释？我是很幸运的，因为我一直都是在全心全意的爱护下长大的。最初我是爸妈的爱的结晶，然后被拥抱在姥姥的怀里，接着是妈妈，她们对我的爱，没有人可以抢夺，有的话也会被推出去，就像妈妈这封信，不就是把林教授推出门外了吗？

但是这样的爱却又显得多么悲凉！好像一只五彩的蝴蝶衬在银色蛛丝网上，美是美极了，可是多么不自由呢，她被缠住了！

母亲对我的爱，正像蛛丝缠住了我俩的脚，如果我真正孝顺母亲，正应当拉开这蛛丝，就是妈妈说的，唯有等我有了可以使她安心的归宿。如果我有了归宿，岂不等于她也有了归宿？

我的幸福是建筑在别人的不幸上，妈妈是爱着林教授的，她在信中几乎表明心迹了，如果真的有一天，我和妈妈去参加林教授的婚礼，妈妈的心情能毫不激动吗？而我这已知母亲的心情的女儿，又当感觉如何呢？

妈说她不是守旧的人，也就是说她原可以再嫁，尤其是嫁给像林教授这样的男人，她不是从来没想过，只是目前不可能，因为“云儿需要照顾”。母亲像我这样的年龄已经生了我两三年了，正忍受着人们的唾骂和姥姥的不满，追踪着一个比她大了二十岁的爸爸，到抗战的后方去。而我这时却还依赖在母亲的身边，做个娇弱的女儿，这是个多么不幸的幸福！

我把信仍旧仔细地折叠起来装进信封里，我浏览着信封上妈妈娟秀的笔迹，想她写到“林平仓”这三个字时，该是多么的惆怅，烟灰碟里挤压了那么多烟蒂，妈妈的心境并不平静。她有没有哭，当她写到“午夜梦回，听云儿在熟睡中不自觉的咳声”时？我真的是那么病弱吗？可是我觉得我近来健康得很，健康到有一种想展翼而飞的感觉，想遨游天空，想尝试一种新的生活的滋味，这是个什么心情啊！

我把妈妈的信小心地仍放进她的外衣口袋里，我提起这件旧衣服来看，领上有了一层油污，实在应当擦擦污油了，但是我此刻不能做。我仍把它照着原来的样式躺在那里，那样子就像是我一直没动过它，我不知道那里面有一封信，有一段妈妈的秘密，但是一切我都知道了。我此后不应当只顾在母亲的怀中撒娇、依赖，我会不时地想到母亲，怎样使她有真正快乐的生活。

我连桌上的烟碟都不去收拾，表示我对一切的一切都是无知无觉的。

七

空气是看不见、摸不到的东西，但是它特别影响人的情绪。昨夜在清淡的月光下，我抱着母亲的枕头愁闷难眠。难道母亲真说得不错，我是禁不起情感上有一点点打击的女孩子吗？要说，看了妈妈给林教授的信，我并不觉得顶奇怪，因为我怀疑母亲和林教授之间的不平凡，是早有的感觉了，但是当它被证明了以后，反不如在怀疑的时期，无论如何，它在我的心湖中，起了波纹。而且它是在扩张着、扩张着，使我联想到那样多。

今晨不同了，我早早被拉琪的叫声惊醒，我没有梳洗，穿着肥大的睡袍跑出来。太阳还没有完全升上来，我打一下拉琪的头问它，“你鬼嚎什么？”它向我眨眨狗眼儿，不哼声了。

小小的草坪上，那棵不知名的针松类，这时竟是一个奇观：一夜的冷露使得满棵的松叶上都是露珠，像穿满了小粒珍珠的冠，为什么不叫它“珍珠松”呢？

我要去看珍珠松！脱了拖鞋，赤脚踏在湿冷的草坪上，我穿的是买来的美国救济衣服，一件长身白睡衣，这样站在珍珠松的面前，岂不像神话中的少女？清新的空气和晨景浸润着我的心，昨夜的愁闷飞扬了，啊！我毕竟还是一个敏感的女孩，我怎能否认！

我想去抖落这棵珍珠松，让上面的露珠全洒在我的头上，让它们顺着我的脸流下来，我用嘴去吸取它们，然后我的头发是湿的，睡衣是湿的，我再去梳洗。

我解释不出我为什么要这样做，我不但敏感，而且古怪，也许我只是个小孩子，喜欢这样玩玩吗？拉琪站在草坪外斜着头看我。

但是这时街门响了，没等我离开珍珠松，妈妈已经开了自动锁进来，我仍然站在草坪上，妈妈惊疑地看着我，喃喃地说了一声："怎么？"便走过来了。

我向妈妈微笑着，她大概仔细看了我这副穿着长睡衣赤脚站在草坪上的样子，也不免好笑了，她说："这么早，这个样子要受寒。"

我笑说："很舒服。"

妈又问我："今天怎么起这样早？"说着她向屋里走去。我想到外屋沙发上的外套，便毫不在意地说："我昨天好困啊！一进家门，简直什么都顾不得就睡了，所以今天起得早，起来就被拉琪叫到这里来。"我抱起黑缎子拉琪来，吻着他的嘴巴，拉琪，只有你知道我的谎话！我说着就赤着脚跑到洗脸间去。

我在洗脸的时候，妈妈也过来了，我问：

"敏姨怎么样了？"

"还好，反正打了针就不喘了，气候影响的关系，前些日子因台风变天气，所以支持不住了。"

"是呀，我们人类就是受那看不见、摸不到的空气的影响。"这是我早上对于空气的感觉，说出来给妈妈听。

"我要不要去看她？"我接着又问。

"啊，我还忘了，你敏姨说，叫你有时间就去帮帮她算分数、登记成绩什么的，刚月考过。"

妈妈随便擦把脸又说："我要去睡一觉，昨天在别人家里没睡好。"

等我洗好脸回屋去的时候，妈的外套已经离开沙发了。我走进卧室去，妈脸朝里和衣睡着。我看看，连书桌上的烟灰碟都打扫干净了。她一定会暗自地说：幸亏没有被云儿看见，看见了多不好意思呀！

天气渐渐热起来了，我把长发高高地梳起，扎成一条马尾巴，我的发边总是有些柔软弯曲的短发，就任它松散着，前额的短发，我也不梳整齐，随它前仰或后合！我凝视着镜中的影，轻轻摸抚自己的脸，白皙的脸庞，颧骨的地方，有一颗棕黄色的痣，苍白的嘴唇，我伸出舌头舔了一遭，它湿润了，还像样些。

我换了鲜红的府绸衬衫，配上黑裙子，颜色真显明，如果一个男孩子见了我，一定会说，那是火中的一朵白莲花！啊！我对着镜子微笑了。

我无所事事地推出自行车，好久没有骑了，觉得很新鲜。来到街上，不过想给拉琪再买一根皮带，原来的已经被它咬坏了，它和我一样，只想往外跑，现在就跟在我的后面。

《文苑半月》的稿约上说，他们的稿费是刊出稿子的一星期内便寄给作者，不知是不是真的。我想打个电话问杂志社，是否已经发出，那显得太小气，那么打个电话问晶晶的爸爸？那更显得小气，好像我不信任他，怕他吞下了，又好像在等稿费买米，其实我只是想借此接近他，让他看看火中的白莲。

红色的电话亭诱惑着我，我停下车从小皮包中找出一个五角硬币来，走向电话亭。在电话簿中翻找到旭光纺织公司的号码，电话拨过去，是女接线生的声音："旭光。"她只说两个字。

"请接梁思敬先生。"

停一下，有个男人的声音了：

"喂，我梁思敬。"

"我是——晓云。"

"哪一位？"

"夏晓云。"

"啊，夏小姐。"

底下该怎么说，毫无准备，我只是无可忍耐地想打这个电话而已。"嗯——有我的信吗？"

"你好像已经先知道了，你的稿费早上刚刚到。也许是昨天晚上就送来了，早晨一来就看见摆在我桌上。"

"谢谢你，嗯——"

"是不是要请我？"

"那是已经答应过你的呀！我就在离你不远的地方。"

"在楼底下？"

“不，在——我在哪里等你好？”

“你说。”

“在你斜对面的曼莉好吗？”

“好，回头见。”

我放下电话，手是湿的。我买了一块洗澡的卫生皂，叫拉琪咬在嘴上把它赶回去，这样妈妈就懂得我是到别处去了。

我从刺目的光亮的大街上来到曼莉，走进来只觉得眼前一团黑，好像进了已经开演的电影院。小女孩要把我引到座位上去，他比我先来了一步。

坐下来，我撩撩头发，用小手绢扇着我的脸。那怎么能凉快？无非是掩饰我的局促不安的样子，实在，我也并不太热。但是他却看看房子的四周说：

“还没到装电扇的时候呢，喏，用这个扇吧！”他把一份报纸递给我。

我把报纸接过来，随便地扇着，他已经低下头去看价目表了。他的头发仍是那种不擦油的随便梳着，这不像是在一家大公司做事的样子，不过他的衣着却很整齐，是高级的西装料子，他没有穿上身，雪白的衬衫上结着红灰相间花纹的领带，当他眼皮抬起来问我“要什么”的时候，我们刚好正面对着，我虽然赶快闪躲开这太接近的目光，心中却激动着愉快的波浪。

我也把目光躲到价目表上去，却什么也没有看清楚，只说："随便吧！"

"小姐们总喜欢吃随便。"他轻轻地笑了。

他有过多少和小姐们吃随便的经验呢？我的脑中忽然闪过了这么个念头。果然他不征求我的同意就要了两杯咖啡。

早上的咖啡馆毕竟清静多了，我们是唯有的客人，在我们之前走出去一位男客，桌上摆满了盘盘杯杯，是个大食量的早点客人。

小女孩很知趣，她去为我们打开唱机，轻音乐立刻使这屋的空气有了韵律。

他从衬衫口袋中掏出一封信递给我说："够你请喝咖啡的了。"

我接过来立刻打开来，从里面掉出一叠薄薄的钞票，数一数是六张十元的，我望着他，我们同时笑起来，他问：

"你写了多少字？"

"足足有四千字。"我说，"但是我很尊敬它。"

"是的，那是你的呕心之作。"

"不是这个意思，我是说，即使稿费很少，但是它很快地送给你，就表示他们的信用呀！"

"那么你就要郑重地使用它了。"

"所以，"我也就不像初来时那样不自然了，"我请你吃点儿什么？"

"我早晨已经吃得很饱了。"他拍拍胃,"不过为尊敬它起见,我也得吃一点。"

我们又要了一些点心,因为我早起是什么都没吃呢!

"你的《白鸟》很感动人,你对于孩子的心情也很能了解。"他说。

"或许是因为自己正有这份孤寂的心情。"

他没有说什么,默默地喝着咖啡,他是在想我的身世吧,他应当听沈克康讲过的。既是这样,我又有什么可隐瞒的呢!

我用茶匙搅着咖啡,棕色的液体随着茶匙在旋转,他注视着我的动作,我的指甲是淡青色的,配着略显苍白的手,上面还有隐约可见的青筋。我为什么喜欢穿红色的衣服,就是我认为红的颜色可以映到我的白色的皮肤,让它柔和些,不要苍白得怕人。敏姨常常夸说我很会配颜色,岂不知我只是为了遮饰自己的孱弱的气色。但不知他这样地注视我的手,是不是使他感觉到什么了。

我希望他和我的约会不是出于一种怜悯一个可怜的女孩子,满足这个女孩子一时的高兴。我已经长大了,不是吗?

我停止了搅转茶匙的手,端起杯子来喝,怎么?我们都没有话了,只为我说我有一份孤寂的心情,这话就接不下去了吗?但是这样默默地相对,也有说不出的情趣。

呆了一会儿,我放下杯子对他说:"自从教了晶晶以后,每天看着她的举止,使我常常回忆童年,那天陪晶晶去看了芭蕾舞,才引起我写《白鸟》的。”我说的是实话。

“你觉得晶晶也很孤寂吗？”

“不，丝毫没有这种感觉，她虽然也是独女，但她的生活比我热闹多了。您知道，我的童年是跟一位老年人度过的。”

“哦？”他略感惊奇。

我不知道为什么要对他吐露我的心情，除了美惠以外，我还没对人提起过这些呢！我又说：“几乎像晶晶这样大，我才离开老人到爸妈的身边来。”

他并不问我老人是谁，只是注意地听着，很感兴趣的样子，我又说：

“但是我很爱这个老人。”

“所以写成这篇文章？是吗？环境确是可以造成一个人的性格，那也许不是本性，本性会被埋藏在心底，表露在外表给人看的，常常不是真的，但也被当做真的了。”

“人人都有两种性格吧？”

“我相信是，成分多少的差别就是了。”

“是不是越不说话的人，性格表里的差别越大？”我觉得我们的话说得很投机，所以才这样问。

“你的话很多嘛！”他笑了。

“要看在什么地方说。”我的眼瞥了他一下。

这样，我们又停住不说话了。停一下我看看腕表，说：

“耽搁你办公了吧？”

“没关系，和你谈谈是很有趣的。”

和我谈谈只是很有趣而已吗？我有点不高兴了；但是我把不高兴埋在心底，我总要使他高兴和我谈的。

“我也该走了，还要去看一个大朋友的病。”

我们两个人都站起来了，我付账给女孩，她去找钱的时候，他轻轻地问我：

“真的是第一次让你请了？我什么时候还请你？”

“随便。”

“又是随便！”

这样说了，并没有订下次的约会。我们一同走出来，他看我骑上车子，我回头看他，他还在曼莉的门口望着我的后影。

经过一家花店，看见许多早晨刚到的鲜花，我想起给敏姨买几枝剑兰带去。大红和粉红的两种配合起来，非常漂亮。

在花店的橱窗里，我又看见摆着精制的纸花，它使我想起母亲曾经说过想买的话，我为什么不顺便买一些回去呢？我虽然不欲使母亲知道我写稿的事，但第一次得到稿费，就像第一次拿到教书的补习费一样，应当买些她心爱的东西送她。我又挑选了几枝绉纸制的玫瑰和含笑花，都做得很好看，母亲见了一定喜欢。

这样，信袋中的稿费花得一干二净了，《白鸟》换来美丽的花朵和一次愉快的约会，它是很值得的，不能嫌稿费低了，我想着，竟把无香的纸花朵放在嘴边吻了一下，阳光从门窗射进来，照在我的头脸上，愉快而轻松。

我举着花朵骑上车子，学生时代使我的骑车技术在无形中练得很高，我一手扶车把，一手举着一捧花，在艳丽的阳光下，在平坦的马路上，风驰而过，路旁两行椰子树轻飘着高耸的叶子，温热带的风光使我有点迷惘。北方寒冷冬天的童年去了，短发齐耳的女学生时代去了，现在这样的我，算是在什么时代呢？

到了敏姨家了，我跳下车来，捧着花去按门铃，我心里怪可笑的，这样子应当是位男士在叫门才对啊！

弟弟来给我开门，他正拿着书包出来，他见了我也不免“哟”了一声，我也笑了，说：“你怎么没去上课，陪妈妈吗？”

“头两堂正好没课。”

他帮我把车子推进来，我直奔敏姨的卧室。她平常就不修边幅，今天病了，头发蓬着，就更难看了，她见我进来，高兴地喊：“正想你呢！”

屋里还坐着一位女士，敏姨给我介绍，说是她的朋友张女士。

我把纸花放在桌上，把鲜花拿去给她，用一种报纸上常见的献花姿势，敏姨笑得痰喘着咳嗽，她说：

“你可真还是个孩子，这样的淘气。”她又转向张女士，“她也当老师呢，你看像不像？”

“夏小姐真漂亮！”

谁不愿意别人说自己漂亮呢？我向她们笑了，敏姨用一种欣赏的眼光看着我。

“看见你，我病就好了一半了。晓云，你今天精神也很好，还是又穿了红衣服配衬的？”

“我嘛，两样都有。”我耸肩笑笑。

“如果不麻烦的话，就帮着张先生一起替我算算学生月考分数成绩吧！”

“我来就是为这个，妈跟我讲过了。”

我看看房屋的零乱，问道：“女工呢？”

“她去买菜了。”

“我先来收拾屋子。”

敏姨常羡慕妈妈说，有男孩子的家庭，不如有个女孩子，因为男孩子永远不会帮着做家事。

但是像敏姨自己并不比男孩子更细心呀，她忘记自己是个女人了，常常站在男人的那一边说话。

我一边收拾屋子，一边想到这些，觉得敏姨真是本世纪的一个奇女子。她生病，她的冯先生不晓得知道不知道，有没有来过？桌上倒是摆着冯先生的照片，装在老式的小银镜框里，冯先生肥头大耳的，正呆呆地注视着床上的奇女子呢！我觉得太可笑了，努力咬着我的下嘴唇，不使它笑出声来。但是敏姨发觉了，她忽然问：

“笑什么？你！”

我假绷着脸偏不笑出来。她笑说：

“有什么可笑，他长得就是那样子。”

“什么呀？”我装糊涂。

“什么！谁不知道你看见他的照片了！”

“我没有说什么呀？您真是——”我假生气，撅起了嘴。

旁边的张女士也笑了，她对敏姨说：

“没人说老冯什么呀！”

敏姨说：“我看得出这丫头的表情。”

我干脆笑出声来算了，并且索性把小银框送到敏姨的面前，塞到她的胸前，淘气地说：

“冯先生，您知道不知道敏姨病了，安慰安慰她吧！”

敏姨满脸做出怪样，两手捧着镜框说：“这样要让弟弟看见，他还会不高兴呢！”

啊！所以敏姨竟不告诉冯先生她病了，一点床前的慰藉也怕使前夫之子不愉快，敏姨的大动作中毕竟还是有细动作的。而子女对于母亲也竟有说不出的妒意吗？替自己的生父吃醋，无论法律怎样进步，传统观念生根了，它总是赶不上时代的。

不知怎么，我猛地也想起了那风度潇洒的林教授，心情有点不安，说不出是什么滋味，好像我不会有敏姨所说的弟弟那样的心情，又好像有一点儿，真难讲。

这样说，很可能是为了儿子，敏姨的婚姻生活才变成这样的吗？表面上说不同居是为了避免日常生活的磨擦，当然，和不是两人共有的儿子的生活也包括在内了。

敏姨把小银镜框放在床边的小几上，我便顺手又送回桌上，免得弟弟回来看见在床前摆着，不是滋味儿。

我和张女士到书桌边坐下，整理试卷，敏姨的分数已经打好了，只差登记和计算，两班共有六七十人，也够整理半天的了。

我们默默地工作着。张女士在另一间学校教书，今天偶然来看敏姨，就被留下了。她对我说，和敏姨并不常见面，大家的生活都很忙，她的孩子又多，怪不得我就从来没见过她，也没听敏姨提起过。

细心地登记着学生的名字，我发现了一个叫梁品品的名字，便对敏姨说：

“梁品品！这和我教的学生的名字很相似，我的学生叫梁晶晶。”

“也许是一家人吧，梁品品的姐妹很多呢！”

“但是我教的梁晶晶却是个独女。”

“那就不过是巧合了。”

这时张女士也探头过来看，并且问说：

“你说你教的那个学生叫什么？”

“三个日字的晶，梁晶晶。”

她斜头想了想说：“梁晶晶，这名字倒很熟的。”

到了吃午饭的时候，全部的工作刚好都整理完毕，我伸了一个懒腰，打起哈欠来了。敏姨笑说：

“怎么？又饿又困了吗？”

“不是，今天，天没大亮我就起来了。”

“因为昨晚把你妈妈留在我这儿，你一个人就睡不着了？”

我笑笑说：“哪里。”

实在是从昨晚到今天这不到廿四小时内所经过的事情，使我过于冲动、兴奋了，真得好好来个午觉了。

吃完饭，我便和张女士横倒在弟弟的床上了。张女士也很有趣，敏姨说她是典型的中国职业妇女，这话怎么讲呢？就是家庭的事情也不能放松，丈夫要挑剔饮食，孩子吃穿读书，自己还要出外工作以补家用，这就是中国职业妇女的现况。张女士也说，她今天没有课出来走走，虽然替敏姨做了些事，反而是休息的心情，因为没有孩子的打扰。

等我又沉又香地一觉醒来，张女士已经睁着眼，在发呆地看我了，见我醒来，她才难为情地笑了，在被生活与工作磨得层层叠叠皱纹的脸上，这一笑却也透出孩子般的天真呢！

她看看腕表说："敏珩，我该走了。"

敏姨说："忙什么，反正也出来了，就豁出去玩一天再回家。"

她仿佛确是有此打算，所以躺在床上的身体，一动也不动。

她忽然问我说："你刚才说你教的学生梁晶晶，不知道是不是我认识的。小孩子的妈妈是不是讲上海话？"

"她说话的口音倒是南方人讲国语。他们家住在中和乡。"

"我倒闹不清他们现在住在哪里，来台湾后很少见面，只在街上遇到过两次。"

这时敏姨插嘴说："你们所说的还不定是不是一家呢！没名没姓的！"

张女士笑了，说："那位梁先生叫什么名字，我可忘了，梁太太叫何静娟，是不是？"

"哟，我可也不知道梁太太自己的姓名呢！不过——大概是姓何，好像梁太太有时也常给什么何公馆打电话。"

"也许不会错，她何家人很多，在台湾的我也知道有几个。晶晶长好大了吧？那是一个可爱的女孩子。"

"晶晶要念中学了。"

"哦！"张女士很惊奇，望着天花板感慨地说："日子过得真快，可不是，跟我们老二同岁嘛！那就不错了。"

"那您真是认识他们了?"我问。

"岂止认识?我们在上海时住在霞飞路上的同一个弄堂,是对门居呢!"她停了一下向我说,"他们的事,你总听说过了吧?"

我摇摇头。

"讲起他们的事,像小说的故事一样。"

"快,快,那就讲给我们听听吧,正无聊呢!"敏姨是好多了,她已经有精神跟张女士瞎起哄了,非怂恿她讲不可。我呢,似乎已经感觉到那真实故事中一定有个不幸者,所以并不太愿意她在这里讲起。从心底涌起一阵莫名的同情心,是惟恐张女士讲出不幸故事的底细。虽然我也希望知道不幸者是哪一方。但是我也未免太敏感了,也许这是一幕非常有趣的家庭喜剧,我又何必希望他们不幸呢!我在胡乱地想,张女士已经在敏姨的催促下,开始她的故事了:

"这位何小姐虽然教育受得不高,大概只念到初中,但却是个很能干的大小姐。"

"这我倒是也听说过。"敏姨打岔。

"何静娟的家庭很富有,她的祖父、父亲都不识字,但是吃苦起家,在无锡和上海都有纺织厂,何静娟从家乡到上海读书,中学没读完,便帮着家里在上海的公司管理一部分事业,小小的年纪,已经命令着许多员工了。"

"你那么早就跟她认识了?"敏姨又打岔。

“不，我认识她不过是在胜利后，大概 1947、1948 年的事，那时她已经和梁先生结婚了，梁先生叫什么来着？”她转问我。

我告诉了她。

“对对对，思敬，思敬，何静娟嘴里一天要念叨无数回的。我搬到霞飞坊时，梁思敬已经到日本去了。”

我很想问的话，多嘴的敏姨又替我问了，“是到日本去读书吗？”

“是去留学的，但主要的还是为他丈人家的事业打开贸易的路线吧，我就不太清楚了，只是听他们家人那样讲。说起这两人的婚姻，倒是一件有趣的事，”她说到这里又问我，“你看梁太太是不是比梁先生大几岁？”我早已有的感觉，证明是不错的，晶晶的妈妈确是比爸爸大，但是我仍装糊涂地摇摇头。

“看不出来吗？”张女士说，“何静娟比梁思敬大了八岁！”太太比先生大了八岁，这当然是值得她惊奇地说给我们听的。所以我说：“真的！”敏姨说：“哦！”

这当然是不平凡的一对了，他们的婚姻能成为故事讲给外人听，大概也就是因为年龄的关系吧。但是敏姨在惊奇之后，又复归于平静，她说：“大八岁，倒也算不了什么。”当然，拿妈和爸相差二十岁来比，还是小巫见大巫呢！

张女士接着说：“梁思敬并没有在国内读大学，据说他是一个不幸的孤儿，中学毕业后，便被介绍到何家的公司里做事，是静娟的父亲和家人非常赏识的青年……”

我猜想，婚姻的关键一定就在这里了。果然——

“……何家的老太爷，看中了这位不爱讲话的青年，提拔他，而且选他做女婿。按说，应当说给三小姐才合适，但是却落到大了八岁的大小姐身上。”

“那时这位大小姐愿意吗？”敏姨问。

“大小姐已经二十八岁了，梁思敬才二十岁。这我也是听别人讲的，梁思敬在恩威并施之下，也不能不答应，所以结果才有了晶晶这孩子……”

张女士讲到这儿，索兴坐起来了，为的是讲故事的人和听故事的人，都喜欢面对着的习惯，这样，她就可以看着我和敏姨的脸讲了。

“当晶晶这孩子出现以后，何家的亲友，谁不骂梁思敬忘恩负义呢！但是我却认为这是年龄差别下产生的结果。”

“你别卖关子了，晶晶这孩子到底是怎么出现的？”敏姨听故事听得发脾气了，我的心却突突地跳着，我不忍听到那忘恩负义的意义，它到底指的是什么？一个肯努力的二十岁男孩子，只为了报知遇之恩而屈服于二十八岁的老大姐的裙裾下！像敏姨的弟弟，我只比他大三岁，已经觉得他是个小弟弟了，何况差了八岁，又何况是梁太太那种典型的女性呢！

张女士笑了，她问我：“关于晶晶——你总知道她是怎么回事儿吧?”

这回我可真的是不知道了,所以我仍是摇摇头,并且略感惊奇地回答说:“我不知道!”

“真不知道?”她不相信的样子。

“确是一无所知。”

“我这样说下去吧——当我们做邻居约有一年的样子,忽然,何静娟匆匆地到日本去了,过了一个多月回来以后,她的怀中却多了一个浓眉大眼的女婴。真有意思,我镇日教书,没有注意到她几时走的,几时回来的。有一天知道她回来了,偶然去看看,竟看见了这个孩子,我还像傻瓜似的问,是哪个阿姨的孩子呢!记得何静娟那时很沉得住气地笑笑说:从日本带回来的,好看吧!我莫名其妙是怎么回事,回来才听我家娘姨说,是何家姑爷跟东洋姑娘生的。”

“真的?”我也不禁插嘴了。

“所以,到现在我也闹不清到底是谁生的,反正不是何静娟生的就是了。因为后来又听说是何静娟在别处抱养来的,故意扯到日本去,以混乱别人的耳目。”

“因为什么要这样做呢?”敏姨问。

“原来何静娟是不能生育的,但我猜想仍是何家姑爷和日本女人生的,一定是何静娟到日本去打散他们,并且花笔钱把丈夫的骨血抱养回来,反正自己也没有孩子,这个说法是比较可靠的吧!”

张女士讲到这里停止了。我听了这真实的故事，说不出是什么滋味，只觉得那沉默无言的依从者梁思敬，是有他的不可告人、深埋在心底的秘密。但是晶晶呢？她可知道一点关于她自己的故事吗？她的浓重的毛发和眼睛，确是有日本女性的样子，不过这些地方也很像她父亲就是了。

张女士又说："梁思敬这家伙，不怪人家说他阴，我跟他没说上过三句话，闷不哼声的人，反而花样多呢！"

她这样批评梁思敬吗？我听了竟好像被人猜透了什么秘密似的，脸发烧了。这时又听她说：

"敏珩，无论如何，这位何小姐，是有一种中国女性传统的德性，你说是不是？她虽然以一种门户的权势控制了她的丈夫，但是她还是收拾丈夫和别的女人的残局。她痛爱晶晶，视如己出，没有半点妒忌的心理，这是每个女人能做到的吗？所以梁思敬也就服服帖帖的了。听说他们虽然到台湾来，但是梁思敬的事业仍是以何家的人事关系为背景呢！"

于是张女士和敏姨由此大谈起天下男人皆是负心汉的哲学来了，结论是女人终归是不幸的！

不知为什么，关于晶晶家秘密的揭发，竟不能使我和她们一样站在女人的这一面，啊！我真是个没出息的女孩子！想到我和他，同样的身体里流着孤儿的血，就使我愈想接近他。

她们又谈了，张女士说，中国人虽然不讲公德，但是却很注重私德呢，比如一个男人在外面又搞了一个家，但他决不会遗弃发妻……

对于这几句话，敏姨倒是不接腔了。我知道，她很快地想到妈妈，碍于我在面前，所以不便发表意见。

还有就是贤慧的中国女人，总是把丈夫和另一个女人生的孩子视如己出地养育着，梁太太就是最好的有关"私德"的例子。

我不太懂这些道德，我说不出我对她们的意见是赞成抑或反对，他们话的反面的意思也就是说，外国人是讲公德而不讲私德喽，所以他们那些国度的离婚案件比我们多多了，我们的不幸的婚姻是被私德给支持住了，不是这道理吗？

她们在畅谈，我悄悄地从床上起来，整理我的衣裙和头发，然后说："敏姨，我回去了。"

敏姨说："留了你一天，也该回去了。"

我也向张女士鞠躬道声再见。感谢你，无意中告诉了我晶晶的一切，但愿今天我不再为这些事闹得失眠吧！

黄昏的街道，晚风轻拂着，骑在车上凉爽极了。到了水源路，我被川端桥西的夕阳迷住了，下了车，慢慢地推着，直向那红透半个天的方向走去。我把车停在桥畔，走上桥去，看水中荡漾着金色的鳞波。

我倚着桥栏杆，心随波逐流，心中乱哄哄的，不知道想什么，轻波中时时显出不同的面孔，而最使我迷茫而倾心的，是不多话的，有着深邃的眼神的那个。

我无力地想了一阵，返转身来，懒洋洋地推起了车子回家。夕阳更沉落了，丢在我的后面。

八

坐在梁家的书室中，我展读文渊的来信，是刚才临出门时在信箱中拿到的，没来得及看，就带到梁家来。乘着晶晶在做答题，我才想起从裙袋中掏出来。

这几页航空信纸又是报告他每天的行踪，竟没有一句思念我的话，他是胆怯到不敢写出来，还是已经拿我当妹妹看待了？总是教我孝顺母亲啦，保重身体啦，他选的某门功课有得A的希望啦，难得他竟也去看了一场电影，表示了他的意见：

> ……被译成《一笑缘》的电影，早在台北上映过，你大概已经看过了吧？我倒是昨天才有机会看的，在国内那样被人赞赏的原著和影片，正好在这小城的一家电影院上映，我偶然路过影院，不知怎么一阵心血来潮，就买票进场了（这里的影院是随时出入不分场的）。看完全片后，我有说不出的厌恶！我不知道国

人何以对这部著作和影片那样着迷？想一想，一个纯洁美丽的少女，已经有了爱人，又被一个长辈的中年男子玩弄够了，而那原来的少年竟还把这失身的少女收了回去，这就是这部作品的迷人之处吗？真是恶心之至，这也就是在他们法国，我这中国人是太看不惯了……

这部影片，我得从头想想，不是文渊提起，我还真想不起来呢！是的，女主角很美，甜蜜的笑容，妩媚的双眼皮，但我更喜欢饰演舅母的琼芳登，幽怨不形于外，仍是那么爱护着抢去丈夫的少女，多么深沉。

我发呆似的想着，把文渊的信折叠起来。文渊真是，看一场电影，何必为书中人叫不平，动那么大气？管它谁被谁玩弄了呢！对了，文渊一向就有嫉恶如仇的固执，这又是在表现他那性格吧！

倒是自从听张女士谈到晶晶，我每次来总要默默地琢磨一阵子，我想我的敏感是不无道理的，当初次会见了他们三个人以后，我不是就有一种怀疑的心情吗？虽然那时我也说不出我怀疑的是什么。

这时晶晶做好功课了，我们开始吃课后的晚点，千层糕和红豆汤。晶晶低头吃的时候说："我爸爸最爱吃这个。"

"哦。"我满不在意地答应着。

今天他又没有回来。自从和他在曼莉见面后，已经三天了，我一直没有再见到他。听说他的应酬很多，又常出差，是公司里的红人。我也许很傻，以为他很注意我，其实，他正是一个专心致力事业的男人，偶然好玩替一个女孩子代收一封信就是了，更何况他曾有过那样不平凡的遭遇，我又算得了什么呢？我还是专心教晶晶吧，而且也应当给文渊不断地写信，设法增进我们的感情，不才是最正经的事情吗？

我今天不要跟晶晶母女闲谈了，所以吃完点心，就准备回家，记得家里有一本《一笑缘》的译本，早早上床读小说为是。

四月的台北，也许是一年中最舒服的日子了，静静郊区的晚上，小溪涨了，流水潺潺，可以听见那轻妙的声音，不由得我驻足望望它，想找出那声音的来源。是流水拍击到石头上了？还是穿过了什么空隙？所以才产生了这种轻妙的乐声？

走这条路差不多有四个月了，它变成我生活的一部分。每天，我踏着黄昏的末梢来，又赶着深夜前的脚步回去。就在我站着的这块地方，原来是有一盏路灯的，自从上次来台风的那夜毁掉后，到现在也没有再安装上，而且它正在快要转弯的地方，对于行人非常不便。

这时我听见有人走路的声音了，我不应当站在这里，会使走过来的人怀疑我的行为，于是我也转身回到巷中间向前走。

“哦！”对面来的人轻喊了一声，我发现他竟是晶晶的爸爸，心中有说不出的喜悦，我也“哦”了一声。

他站住了，那种姿势就是等着我走过去。我说："刚回来？"

他说："我刚从中部回来。"

他一定走热了，西服上身拿在手里，在黑暗里别的看不清，只有衬衫的白色反照着，还有注视着我的眼神。他既然从外面回来，手里却没有提包之类的行李，我不由笑说：

"你旅行真简单，一件行李都不带吗？"

"我是下午回来的，在台北开会吃饭，行李交派交通车的司机带回来了。"

我走着，他并不和我告别，也一路随我走下来。

我的两手插在裙子的口袋里，摸抚着里面那封文渊的信。我刚才在梁家看信的时候想什么来着？不是决心要给文渊多写几封信以促进我们的感情吗？现在呢？是不是又要推翻了？

他没话找话地问我："近来没再写文章吗？"

"我那能算文章吗？"

"但是我等着你再请客呢！"

"可是你还没还请我呀！"

"我是要请你的，你定个时间好了。"

"随便。"

"好，随便。"他笑着说。我才悟出原来我又说随便了。

他想了一下说："翠凤音乐很好，不知道你喜欢不喜欢？"

“我很少进音乐咖啡馆，情形并不熟。”我说的是实话，除了和美惠、李新、文渊他们去过一两次以外，我没有男朋友，总走不到这种地方的。

谁知他竟说：“你很喜欢音乐，我以为你总会和男朋友常去的。”

“但是我没有男朋友呢。”

“真的吗？”他斜低下头来直看着我的脸笑着问，那样子就好像是一个淘气的大哥哥不信任小妹妹似的。

我笑笑没有回答，随他猜疑好了。

我们走出巷口，他还没有意思回去，我也随他这样陪我。

过了桥，我们又顺着水源路走，堤下人家灯光点点。天气热起来了，睡觉的时间也晚了，想到我初去梁家的时候，每天回来都是一片漆黑，家家都入梦了，只有母亲亮着灯等我。

我们走到要下堤岸的石阶口处，不由得都站住了，向着河口望去。

“要不要下去走走？”他轻轻地问我。没等我回答，他已经先一步走下石阶，我也随着下来了。

河水这时是湍急地滚滚而下，好像去追赶什么，并不像我刚才走过的小溪那样有着轻音乐般的情趣，我不由得说：

“这条河水常常有两种面孔。”

“怎样的两种？”他问。

"我白天去你家的时候,它被夕阳照得那样柔美,使你感觉,如果躺在那金色的水面上,随它轻轻地荡漾着,把你载到天边或海角,是多么舒服!可是等我夜晚从你家出来时,它的黄金时代已经过去了,现在是一股黑暗的恶流,凶狠地翻滚着,使你觉得,如果一失足掉下去,它要把你卷入浪涛中,是多么可怕!所以我要赶快回家。"

"你想得太多了,才使你这样瘦弱。"

"当人接触到某一种环境,总不免要想一想的吧,你不想吗?"

"想,当然想,哲学家早就谈过,人是思想的芦苇。先思想,后行动。不过当他思想了很久以后的行动,也往往和没思想以前一样。"

"那就是说白想了一阵子?"

"不是吗?这就是平常所说的,理智斗不过情感,它仍然没按照所思想的去行动。"

"是的。"我望着水面轻轻地点头答应他。

过了一会儿,他又说:

"所以,人总是在情感与理智中挣扎。每个人每天都逃不过这种挣扎,无论什么,小至搭车子、买菜,这些小小的事情。"

——那就是说,我们每个人的心理都不能与眼前的社会、环境所定下的习俗符合,我们总是想反抗它,总是有犯罪的心理……

这是我心里的话,并没有说出来,他是不是也有这种心理呢?

这时还不是最热的季节,所以这一带乘凉的茶馆虽然开幕了,但是这样晚，并没有乘凉的客人，茶馆早已收拾，只有一两个人在走动，用怀疑的眼光看着我们为何徘徊河边。为了不要被人疑心到坏的方面去，我们应当表现得快乐一点才是，那样就像一对快乐的情侣，在河边谈情了。

这样想，我心情竟激动起来，快乐的情侣，实在应当默默地漫步着，把喜悦的情绪埋在心底才对。比如我和文渊，就因为不是两相情愿的一对，所以我和他的谈笑是明朗的，不怕被美惠、妈妈、李新及任何人听到。不怕人听到的情侣，还有什么意思呢？

我和思敬——身边的这个男人，不应当谈笑风生，我们还是要保持着轻语的情绪。

顺着岸边下去，走了不少路，前面没有房子，毕竟觉得很空旷，我们又转回头来走。夜的凉意深，摸摸自己的胳臂是冰冷的。我们走的路比说的话多，这样已经很够了。

我们又从石阶走上来。他如果回家，应当和我走相反的方向，但他并不。我说：

“你还要走吗？”

“晚饭吃得很不舒服，多走一走也好。”

“吃了什么山珍海味？”我向他开玩笑。

“吃的是业务、发展、计划、意见，种种难消化的东西。”

“谁让你学的是工商管理，经营经济学来着！”

“谁告诉你的?”他立定了,略感惊疑而又淘气地望着我说。

“我嘛!”我笑笑没有说,我只是从他的那个书橱里看到的书本名字罢了!我哪知道他是学什么的,也不管他是学什么的。

“我一想到我今天所学所做的,就奇怪我怎么能够这样?二十年前,即使十五年前,我也没想到我走上这条路,就像我们刚才说的,环境常常要改变人的生活。”

“那你原来打算学什么做什么呢?”

“我曾经是一个热爱美术的孩子,当我以孩子般的心情梦想着成为一个艺术家时,我一文不名,把小朋友用的蜡笔烧化了,涂在一张牛皮纸上,当做油画。”

“那烧起来还不臭死了!”我不由得用手摸了一下鼻子,“有志者事竟成,你现在应当有油画颜料钱了!”

“但是那股热情没有了,比没钱还糟!”

“所以转入了工商界?”我这样问他,是由于张女士讲过的他那段历史。

他竟没有回答我的话,脚下轻轻踢起一块小石子,它飞跳一下,滚入堤下的蔓草中去了。

“那实在是一种错误,是不是?”他抬头问我,我们又在渐渐向前走了,似乎我们的话题,也渐渐转入到透露心事这方面。

“那也不见得,人总是吃一行怨一行,如果你真的学了画,卖不出去，住在小阁楼上，有上顿没下顿，在现实的生活中，岂不更惨！你一定又会怨恨地说，悔不当年学织布了！”

“你倒是很现实的。”他笑了。

“不是吗？”我撅起嘴反问他，“即使你能成为名画家，在中山堂每年开一回画展，请客拜托，在你的画上贴上了几层‘重订’的红纸条，那照我看起来，还不如业务、发展、计划、意见更有价值呢！”

“也许是。但我指的不是这方面，那也许就不是你所能了解的了。”

我对他的了解的确并不多。我喜爱他的沉默，张女士却说他很阴；我对他有说不出的同情，张女士却说他是忘恩负义的人。我对他的看法，是要凭我自己的感觉，还是应当听取别人的意见呢？

他陪着我走向回家的路，我不愿意再让母亲听见我们的话别声，所以我说：

“你回去吧，了解你的人已经做好了千层糕和红豆汤等你呢！”

谁知他竟拉起我的手，紧紧地捏了一下，轻轻地说：

“为什么要说这样的话？”

他的声调有点怨我似的。

我突然也有了悔意，他是诚意地和我谈着，漫步着，陪伴我独归的寂寞，我为什么和他开这样的玩笑，仿佛我不信任他，还要试探一下，这样就显得我更不了解他了。我为什么这样？为什么？为什么？

我真是后悔了。

我不知道应当对他怎样表示歉意，或怎样开口再说什么，只好沉默下来，随他携着我的手，轻轻地摇甩着。他的手是热的，使我纤弱的细指在他的掌握中，有说不出的温暖，那股热流直浸到我的心底，我心中独语着：

——如果你的沉默是表示你生活的空虚和不愉快，我愿以我的同情来填补它，我要逗着你快乐，因为我俩在冥冥中是有些相同的地方，所以我们才在无形中接近了啊！

走进了巷口，他停住了，说：

“你走吧，我在这里看着你回家去。明天我们还是上午到翠凤去，九点钟。再见。”

虽然说了再见，他仍紧紧地握着我的手，我简直是从他的掌握中挣脱出似的离开他，小碎步跑回去，我不知道我为什么要跑，实在是迷乱了。

我倚靠在门边，没有即刻掏门钥，把被他握过的手，捂着我的嘴，用另一只手压住它，怕它跑了，这时我的心才突突地跳起来。

拉琪已经在院子里走动了，我急忙拿出钥匙来开门，身上微微地出了汗，是紧张的缘故吧，刚才在河边还是冰冷的两条胳臂呢！

还好母亲已经入睡了，卧室没有灯光。我进屋看看腕表，已经十一点过了，我岂不太荒唐，母亲如果问起来怎么说？

我进屋便把自己扔在沙发上，褪掉鞋子，光脚踏在地板上，我仰起头，两手背在头后，望着天花板。有一丝快意的泉流在血液里环行，我仿佛听见一阵流水轻轻地拍击小石子的声音，那是刚才在小溪旁的情景，只那么一会儿的时间，从寂寞的伫立，变成偎依的漫步了。

我闭上眼睛，再回忆我们怎样地走，怎样地谈，我怎样唐突地开他玩笑。以后再也不了，他给了我怎样的快乐，我就应当怎样地回报他，我们是同命鸟！不是吗？他是一个孤儿，我的外祖父也是孤儿，我自己也几乎是，我们同流着孤儿的血。

这样又不知过了好久，母亲在里屋说话了：

"怎么还不睡？几点了？"

"嗯。"我漫应着，没有再看表。

九

拉琪真是讨厌的东西！它现在也不甘寂寞了，总是在家中没有人的时候要跟着我。我骑上车子又跳下来赶它，赶回去几次都没有用，因为它的小身体从水沟洞里又钻出来，除非用皮带把它拴在家里；但是它也要狂吠不止，会把邻居都吵得瞪眼，我也只好随它追在车子后面了。

在清静平坦的大道上，我飞火轮般地奔驰一阵子，回头看看，拉琪也追得张着嘴要飞起来了，我就这样惩罚它！

到翠凤下了车，我已经热得满脸冒烟儿了，拉琪也吐着舌头喘气，我终于不忍，抱着它进了翠凤。

我的马尾巴扎了一条绿色的纱，也给拉琪的脖子扎了一条，所以我一进去，账台上的那位小姐，就冲着我们俩笑了。

我向座位上看去，他还没有到，我便找了个座位坐下，看看表还不到九点，是骑了飞火轮的关系。这家并不像曼莉，他们是不卖早点的，以听音乐为主，所以早晨的客人少，现在有的桌椅还没有摆好。

我轻声告诉拉琪说："别闹，安静地坐在这里！"

它眨眨眼，果然不敢动了，坐在我的身旁，像一位黑公主那么庄重。

当十五分钟后思敬坐在我的对面时，他首先向我道歉说，没想到早上刚一去办公室就有事，所以来迟了，普通这时候，有些同人还在餐厅吃迟到的早点呢。随后他才看见拉琪，拉琪一动也不动，一声也不哼，只斜起头看他。他看拉琪这副呆样，不由得伸手要和它拉一拉，拉琪居然抬起一只前脚来。

"它常这么跟着你？"

"是的，我的监护人，说话要小心！"

要了一杯咖啡以后，曼妙的音乐开始了，是专为我们两个人开的，只是一段轻音乐，整套的交响乐什么的，要在下午才开始。

“公司要选一个人派到日本去，这些日子正在酝酿这个问题。”他说完看了看拉琪。

我故意用手盖起拉琪的耳朵，笑笑说：“已经被听见了！”随后又说，“那么你岂不是最合适的人选？”

“怎样见得呢？”

“因为那是你的旧游之地。”我脱口而出，才想起这句话不见得妥当，果然，他怀疑地直看着我说：

“旧游之地？你怎么会——”

“听说你不是到日本留过学吗？”我虽然赶紧掩饰过去，脑子里却立刻泛起了晶晶的影子。

“对于日本，你有什么意见？”

“曾经是我们的敌人，可爱的东西却不少，伞、女人、扇子等等。”这回我说话自信很有技巧了，因为我把“女人”夹杂在许多物品中，这样就不显得我是特别提到女人了。

“初到日本去的心情，也当然是怀着敌意的；但是看见他们的人民在战后那样努力收拾家园，处处都不免让人兴起这个国家有再站起来的感觉。”

“后来呢？”我听了他似乎没说完的话，不由得这样问。同时我的脑子里又浮起了一幅景象：在战后的瓦砾堆中，坐着一位美丽的大眼的姑娘，她不知道被炸成粉碎的家园，应从何收拾起，这时却走来了一位年轻而富同情心的异国青年……我这样问，是想他会向我倾吐一段秘密——我已经知其梗概的秘密。但是，他的手指正在桌面上，用咖啡里溅出来的水，轻画着圆圈圈，并且呆呆地望着它，一定是在回忆那段故事。

“嗯？”他似警醒的没听见我问的话。

“那么公司已经选上你了吗？”既然没听见，我就改了一句问话。

“没有，活动的人多得很，这年头谁都急着向外跑。”

“那么你并不想重临旧游之地吗？那里也许有许多可以使你怀旧的事物吧！”

“那当然，十二年前的日本，民不聊生，东京是一幅什么景象！现在再去东京看看，对于我个人能不有感慨吗？”他说完抬起头来望着我，似是在问我。

——我怎么能知道你有什么感慨呢？我的两手正架在桌上支着我的下巴，望着他的脸我微微地笑着，我的样子一定像是“早知道你的秘密了”！

“我在初去时还可以嗅到战争的余息，东京的残垣断瓦，房东的老婆婆，美国的占领军，街头流离的儿童，在在都不能令人忘怀。”

更令人难以忘怀的，恐怕还是房东老婆婆的女儿吧？我听说留学生最容易和房东女儿恋爱，所以我这样的猜疑，因为他提到了房东老婆婆。但是我不好瞎问，只说：

“这样，你应当活动去日本的这个机会呀!”

他摇摇头，不知道什么意思，是不愿意活动，还是不可能成功呢?

“晶晶似乎对于日本很有兴趣,”我说出又怕太猛浪，便又接着说，“她对我说过你还想带她到日本学跳舞呢?”

“那是随便说着玩的，当她热心学习舞蹈的时候。她很认真了吗?”

“是的，她还说爸爸想要让她去日本，妈妈却不肯呢?”

“那是可能的。”他点点头说。

“可能带她去吗?”

“不是，我是说可能她妈妈不肯的。”

“有什么不肯的呢? 她可以去，也应当去呀!”

我的话是不是很露骨了，他听了后问我：

“晶晶还跟你讲过什么吗?”

“没有。”我假装惊疑，“关于到日本我们只讲过这么两句话，好像还是前几个月看芭蕾舞才提起的。”

“晶晶和日本也很有点缘分呢!”他微笑着说这句话，虽然他的话不大明确，但含蓄很深。

他的笑容这样年轻，刮得光亮的脸青帮帮的，带着孩子般的稚气，无论如何，我想不透他怎能和晶晶的妈妈摆在一起，那就难怪他有了东京姑娘那段秘密了。

我们从去日本谈到晶晶，已经谈离了题，这时他又转回了本题：

“如果是短期的，我也许可能去。但这次并不是太短的，起码总要派在那里两三年。这就不是简单的了——晶晶的妈妈不喜欢日本。”

“这倒是很难得的，许多太太们都希望丈夫有出国的机会，也可以跟了去开开眼界，梁太太却例外。”

“当然她有不喜欢的理由。”

“是的，那样连带晶晶也失去了机会。”我好像很乖巧，不再多问什么。

他难得地点起了一支烟，然后把身子后仰靠在椅背上，两手却伸在桌子上玩打火机。我仍然伏在桌上，正看见他的手，手掌是宽大的，每个手指节上都有浓重的汗毛，我曾被这样的手握过。他向后仰靠的身体，应当正好看到我低垂的眼神，想着我正在被他注视，竟不敢抬起头，只好一直望着他的手。他停止不玩弄打火机了，我伸手过去拿它，原是无所谓的举动，但是他竟把手掌压在我的手背上说：

“像鱼肝油这类的东西，从来不吃吗？”

“吃够了，整整吃了一年。”

我这回抬起头来，他正望着我的脸。我知道，早晨我的脸、我的嘴唇是多么苍白，我不由得用牙齿使劲咬住下嘴唇，希望它充血！嘴唇不是血最多的地方吗？为什么只有我不？

“身体好是一切的本钱。”他摸抚着我的手背说。

我真后悔，为什么不听母亲的话，嘴上时常搽些口红呢？不过我想起敏姨讲的话来了，她说过，晓云还是不宜于搽口红穿旗袍的，那样一打扮就不对茬儿！敏姨的话一点儿也不错。可是他为什么一次两次的提到我的体弱呢？而且那样地心疼我。

“我虽然瘦弱，身体还没你想象的那样坏，因为我不化妆。”如果以我近来的健康情形说的话，确是这样。

“那就好，保持你原有的天然美。”

他又拍点着我的手，像对他的晶晶一样——当然，像对待晶晶般地对待我，已经够使我感激的了。

他偷偷地望着腕表，一定是不好意思讲走的话，在一段圆舞曲放完后，我就先提议走了。

我们起身并肩站着，我靠他这样近。我扶在桌边抬起头来直望着他的脸，我实在忍不住要这样，不管他是拿我当成小妹妹还是大女儿，不管我是不是应当这样做。他一定知道我在看他，但是他不理会我，只管向皮夹中去数钱付账。他是不是怕我逼视的眼光呢？我真是个坏女孩！

擦身走过屋里摆着的盆栽棕榈树，叶子划了我的脸和臂，他赶快摸抚了我一下被划过的手臂。

“你又是骑车来的？”

"嗯。"

"骑车的生活对于我已经很陌生了。"

"但是我看见你家里摆着一辆自行车,不是你的吗?"

"是我的,摆在那里很久了。几时要拿出来擦擦油呢,和你到哪儿兜兜风去。"

"欢迎。"我是巴不得有这样的机会。

拉琪跟在我的脚后出来了,它嗅着他的鞋和裤角,左闻右闻的,当我和他分手时,拉琪竟跟着他走去了,我不得不生起气把拉琪喊回来。

"只因为你跟它握过手,所以它就受宠若惊了!"

我对他这样说了以后,忽然想到我自己也是一样,真是不好意思极了。

这时的柏油马路上,已被阳光铺满,我简直不敢投入这阳光普照中,怕晒昏了头。和他分手后便推着车子沿人行道慢慢走,看橱窗,想心事。拉琪,我把它放在车前的铁丝篮中,小黑头露出篮外,两只狗眼儿骨碌骨碌地四处张望,得意非凡。

我顺着马路这样走下去,毫无目的,转了一个弯,再转一个弯,竟发现是走向学校来了。是母亲工作的学校,也是我读书毕业的学校。门前清静得很,正是在上课的时间。

我想顺路进去看看母亲也好,很多时没来这里了。校门里的两排矮松剪得整整齐齐的，直通到大楼，楼上有一班学生，大概老师还没到，三五个女同学静静地倚着窗口向我看，白色的制服，蓝色的绣字，短而直的发型，离开这样的学生时代远去了！

我把车推到传达室后面的存车处，看车的老方不认得我了，一点儿也不认得我，竟视若无睹地把木牌递给我，我还想跟他笑呢，因为我们曾是淘气的一群，有时捉弄捉弄他，常被他骂的。我的样子改变了很多吗？对了，头发、衣饰、苍白削瘦的脸蛋儿！我对老方说，小狗儿就放在篮里不碍事，它很乖。老方刚要张口说什么，大概想不允许我，但是我立刻说，我是要找妈妈孙曼云先生的，他惊异地仔细看着我的脸，这回他大概认识了我，才点头答应了。

我穿的是黑白小格子的衬衫和棕色的肥裙，头上虽然系着绿色的纱带，但是我以为这样的颜色配得很调和而有趣。楼上的学妹们在指点我了，我的肥裙被微风一吹，蓬扬起来。我步伐轻松地走向妈妈的办公室去。

我向全办公室的人鞠躬招呼，因为她们尽是我的老师和母亲的同事，在这里，我是小小女孩了！母亲很惊奇于我的出现，她说：

“你是到医院去了，还是没去？”

“嗯？”我不明白母亲说的是什么，今天是我到防治中心例行检查的日子吗？

母亲见我惊异，她又问我：

“李新来过家里了吧？”

“没有，——啊，不过，我很早就出来了。”

“你到哪儿去了？”母亲随便地问。

“带拉琪逛逛街。”

“美惠要动手术了。”母亲的脸上出现了忧郁。

“怎么？”

“她因为两次子宫外妊娠，医生要给她动大手术，免得以后危险。”

“噢！”我实在还是不太懂这种病的重要性。“那么——”我不知应该怎么说。

“那么，”母亲也犹豫地想了想，“李新刚来学校找我，他是要到家里拿些住院的日用品，暖壶脸盆什么的。你赶快回去好了。如果李新已经走了，你就给送到台大医院，要不，还是等我回去再说吧，下午再送去也不迟。”

我只好马上走了，来得这样巧，要找母亲玩玩，竟碰上美惠动手术的消息。究竟这是一种什么了不起的病，我也闹不清，虽然病名听说过。想不到的是，美惠一向健康的身体，如今躺在病床上，我就想象不出她的样子了。

转身出来时，妈妈的同事都说我胖了些，并且更漂亮了，是真的吗？但是磅秤上的证明，连长上半磅都难得很呢！

我骑上车以最快速度奔驰，只要不到一刻钟就可以到家了。

我开门进去，洗衣服阿婆正在院中晒衣服，她每天都是先替隔壁洗衣，然后再从通隔壁的小门进来，这样就不管我们在家不在家了。阿婆看见我，向着屋里说：

“小姐买菜回来啦！这里有客人。”

我猜想是李新，果然他从屋里迎出来。李新也不像往日那么见了我就要开玩笑的，他一脸严峻的表情，我赶忙迎上去说：

“我刚到学校去，听妈妈讲了。”

李新摇摇头叹息着，简直要哭出来了，我也不会讲什么安慰他的话，我对这病一无所知，难道比我的顽固的病还不幸吗？我只好说：

“你要带什么东西去？”

我帮他拿了他所要的东西，用提篮装好。他要去时，我对他说：“等下妈妈回来，我们吃过饭就去医院，好在动手术是下午四五点的事。”李新说：

“你们要早些去，多安慰安慰美惠，她很伤心，也很激动。”

我送李新走后，不禁想，健康与不健康的差别是很大的，说美惠很伤心，我想不出她伤心的样子。是不是她从此以后也会变得像我一样了呢？不会的，不会的，她动了手术痊愈后就恢复健康了，不会像我的毛病，这样缠绵地围绕着我！啊，人生是多么可贵，我应当怎样把握住它的实际的一面啊！

厨房的纱橱里，还有昨天剩下的肉酱，请阿婆替我们买些面条，随便煮煮吃算了。

妈妈也回来了，她轻步走进街门，站在那株名贵的白茶花前面，这两天它开了一朵，绰约多姿，母亲一天总要对它发上几回呆。妈今天穿着深蓝色的绸旗袍，配着白茶花，淡雅得难受，我真想摘一朵红花插在她的衣襟上，调和调和。

妈妈进屋后也很伤感地对我说：

“这对美惠他们夫妻俩，真是一个严重的打击。”

“为什么？手术不是很安全吗？”

“你不懂，她动了手术后就不能生育了。”妈皱起眉头说。

“啊！”我才明白，这对于喜爱孩子的美惠，确实是一个打击，我一下就想起她跟我说过，希望一口气要生三个孩子的神气了。

我们吃过午饭，妈妈又仔细地准备了一下，因为她说今晚要陪伴美惠住在医院里，李新到底是个男人，又年轻没有经验，在这种情形下，妈妈倒成了美惠最亲切的人了。

妈妈问我要不要午睡一下，她先去医院也可以，但是我不，我想美惠一样需要我的安慰不是吗？而且自她结婚后到新竹，我们也有几个月不见面了。

进了医院，立刻闻到一股熟悉的气味，我曾经寂寞地躺在医院里疗养过一个时期，每天闻着消毒水的味道，盼着美惠、妈妈的来临。

看天花板上的浸水画，看花瓶里萎缩的玫瑰，看白色床单里裹着平平扁扁的自己的身体，……那个滋味我尝够了，现在又轮到了美惠。

下午的医院没有门诊，清静多了，我和妈妈的皮鞋打在磨石地上，清脆可听。走过长甬道的第三排，我们数到美惠的房间，门虚掩着，推门进去，美惠是在最里面的床位。

李新正握着美惠的手，在亲密地安慰着她吧？美惠躺在那里，眼睛红肿着。见到我们去，李新放开她的手，妈妈向床头走去。

“美惠！”妈妈叫了一声，拉起她的手，美惠微笑了一下，但还没有一秒钟呢，她就双手搂着妈妈哭起来了。虽然妈妈摸抚着美惠的肩背，不住地劝慰她：“别哭，美惠！别哭，美惠！”但是妈自己的眼眶也湿润了。

这时李新走出病房去了，我虽然心里也为美惠和李新难过，因为他们是如此地喜欢小孩；但是，我是没有眼泪的人，许多次别人流泪的场合，我都保持可怕的冷静，我真找不出这种态度的根源。

当美惠和妈妈的拥抱脱开时，我也过去和美惠拉手，我不会安慰她什么话，因为我不懂这些病症。美惠刚停止的眼泪又涌出来了。我们俩彼此默默相对，都没讲什么，但是我相信我们的心中都在说话，我在回忆她笑靥迎人跟我讲过的那少女初婚前的心情，她也是在回忆这些吗？

眼泪顺着眼角流到枕头上去了，妈妈用手绢替她擦抹着，并且说:“美惠,镇静下来,才能有一个顺利的手术。”

但是美惠听了反而又嚎啕大哭了,妈妈赶快安慰她说:“不要害怕,手术绝对安全,医院里一天不知要动多少大手术呢！你这不过是一种很普通的大手术而已。”

美惠听了却一面流泪一面用力摇着头,“我不是怕动手术！可是——可是……我怎么能让李新做一个永远没有孩子的父亲……”美惠哭泣着说,忍不住用手腕捂住她自己的脸。

妈妈听了当然也呆住了。原来她心情的悲痛是为了这主要的原因！但停了一下,母亲就打开美惠的手臂,整理着她的乱发说:

“美惠,你放心,将来晓云结婚生了第一个孩子,我答应一定先给你做孩子!”

呀呀！妈妈你怎么说这样的话！我结婚,生孩子那还不知道是什么时候的事情,你在情感激动下的诺言,也未免太不着边际了——我心里这样责备妈妈,脸发烧了!

是这句话真的给了美惠安慰,还是她的悲痛已经发泄得差不多了?美惠渐渐地停止了哭泣,和母亲在谈论着罹症的经过。护士小姐也一趟一趟地进来,给她量这量那,注射和叮嘱她一些事情,都由妈妈应答和招呼着,李新虽然也跟着进进出出的,但是他发慌得手足无措了。

在这时我倒仿佛成了个多余的小孩子了,我既不能帮忙什么事情,美惠的述说也并不以我为对象,她是一心在讲给妈妈听。她说这一切都使她相信宿命，李新是过继给他的叔叔做儿子的，因为婶母不能生育，但结果他这一房仍是没有生命的延续，虽然李新没有亲人在台，但是美惠仍会觉得心中非常的惭愧，因为无论如何，一个中国人，摆脱不了浓重的家族观念。谈到这里，连美惠也神经兮兮地对我做着哀求的口吻：

“小鱼儿，刚才妈妈答应我的话，希望你不要忘了，你的第一个孩子是要叫我妈妈的哟！”

这两个人真是想孩子想疯了，这不是没影儿的事吗？让我从何答允起？我苦笑了一下，转过脸去看窗外，窗外是一片草坪，正被太阳映照着，再远处正大兴土木，据说是在建筑最讲究的婴儿室，以后千千万万的婴儿都要在这里降生，并且享受初生后的新厦，但不知美惠所要的那一个，是不是也会降生在那里？想到这儿，我心里倒好笑起来了。我趁着妈妈和美惠谈不完，护士小姐正好进来，我这高个子堵在这里也怪碍事的，便漫步走出病房外。

李新站在走廊下，他正向那建筑物呆望着，但不知他是否知道那是盖的婴儿室？我和他这时虽然无话可说，也不应当告诉他这些吧！我只是挨近他，倚在廊栏杆旁，谈着些住院的琐碎的事情。

这时护士小姐来叫李新进去，原来美惠要做进入手术屋的准备了，我看李新的前额上，汗都冒出来了，他比美惠还紧张呢！我知道他非常非常爱美惠，他对于美惠动手术比对于从此没有子嗣更为担心，而美惠的心情却刚刚相反。人真是不能十全十美的，这一对快乐夫妻要从此更彼此体贴地走完这寂寞的一生了。想着这些，我竟也不禁伤感起来，我如真的生了第一个孩子，岂不是真的应当送给他们才合理吗？母亲对美惠的安慰是不错的啊！

母亲这时也从病房出来了，她叫我先回去，这里这时没有什么好做的事情，美惠马上就要送进手术室了。实在我知道母亲是怕我呆在这里等候美惠动手术的经过，会刺激我的情感，我也许会害怕什么的。

我进去向美惠道别，告诉她明天早晨再来看她，她惨笑地点点头。

母亲又嘱咐我一些琐事，我便离开他们了。

出了医院门，我深深地呼吸了一下没有药味的清新的空气。远处警铃声响，开来了一辆白色的救护车，一定是个受伤的病人，我怕看那情景，别人围拢了，我却赶快跑开。

蓝天如洗，仿佛一切都美好，其实不然，生生死死在这座大医院里，一天到晚都不断地轮回着。圣经一开头就说了："日光之下，并无新事！"古老的故事一直是循环上演下来的！

十

医药的进步，虽然不能挽救美惠的第二代生命的延续，但是却使得她在大手术后很快速地日渐恢复，十天后就拆线出院了。她昨天被母亲迎接到家里来住。美惠的体力确是强健，这样一次大手术，使她看起来虽然憔悴了些，但精神却蛮好的。

在这里住，可以得到母亲的照料，休养些时间。十天来李新在新竹、台北、医院三处奔波，也够受的，现在他也可以先回新竹休息休息了。

今天是星期天，李新从新竹赶来了，他说休息了两天，精神已好得多了，他不堪家中没有美惠的那份寂寞。

母亲今天也不用办公，她到菜场去买丰富的菜，准备大家打打牙祭，她有几样拿手菜。

在这样的情形下，我是应当留在家里的，但是我有个约会。

天气从早晨就阴霾不晴，灰黯的天空，焦急的心情，真怪别扭的！我穿上长袖红色衬衫，上面是白色纽扣，我最喜欢这一件。我把袖子卷到胳膊上去，后领微微地竖起。对镜的时候，我抿下嘴唇心里想：要不要擦点口红？我没有擦，但是随手拿一管妈妈买给我的很讲究的蜜司佛陀口红，放在衬衫胸前的小袋里。

这时妈妈还没有回来，李新也出去了，他是去看林教授，并且打算约他来我家吃饭。

只有我和斜倚在床边的美惠在家了。

我的绿色的跑车停在院子里，我有点局促不安，漫步走到院子里看天色。我两手扶着车把，一脚踏在脚蹬子上，就像我平常要骑上车的那姿势。我想着心事——什么样的借口才好出去？我手按着车铃，铃铃地响。

美惠大概听了车铃声以为是门铃，她跑到窗前来看。我的心一横，忽然智从急起，回屋里对美惠说：

“梁家的晶晶还等我陪她们骑车到圆通寺去玩呢！”

“他们？还有谁？”美惠随便地问。

“她家里的人。”

“都骑车去吗？”

“她那些阿姨、舅舅的，都会骑车，也许还有她的爸爸吧。”我挑起眉毛无所谓的样子回答。

“那你就去吧！”

“放了我啦！那你呢？”

“我？”美惠笑了，“这里人多着呢，不然，给我找本书看吧。”

“哪一类的？”

“近来愁闷得很，最好有旅行、观光之类的杂志。”

我想起来了，跑到书桌前，拉开抽屉拿出一叠航空信送到美惠的面前：

“这一叠都是美国见闻录，可算是属于观光旅行的，很可以解解闷儿。”

“咦？！”她一看全是俞文渊给我写来的信，便推开了，“笑话！这是给你的私人信，我怎么可以随便看！”

“怎么不可以，我们之间没有秘密。”

“好。”美惠答应了接过去，但是她放在小几上并没有打开它们。我知道，她一定对我这态度很不以为然，但是我也痛苦得很，我是这样不可救药地辜负了他们的好意。

“那么我走了，妈妈他们回来，你替我讲一声吧！”

美惠无言地点点头，呆呆地望着我推车子出去。我推开街门再回头向美惠招招手。啊，我第一次感到我和美惠，和妈妈，和一切我这边的亲友之间，起了一层隔膜，这隔膜是由于我的撒谎。

我骑上车，心里有些发抖，是为了我的行径而不安吗？还是为了低气流重重地压迫着我呢？

但是，到了淡水河畔我们约会的地方，远远看见那浅灰色的加别丁夹克，被风吹得鼓鼓的，那熟悉的而又牵引着我的心灵的影子，使我忘记一切地奔向他去。

骑到他的面前，我的车子戛然而止，吱扭地响了一声，他回过头来了。我跳下车，向他淘气地微笑着。

我们俩推着车走下去。

天空滴落了一两滴雨。

“会不会下雨？”他看着天色问，我没有回答。

斜过头来，他又看看我的车子、我的脸，问：

“路好走吗？你能骑得到圆通寺吗？”

“你的顾虑真多！天上的地下的，都在你的顾虑之中！”我是有点不愿意了。

“红色的雨衣没带着？”他没理会我的不愿意，只管看着我问。

红色的雨衣！我几时穿了被他看见过？我奇异地望着他。他笑了，像小孩子一样，像他的女儿的笑容。于是随便地问：

“晶晶没要跟你出来吗？”

他摇摇头。

“忽然骑车出门，没有被盘问吗？你怎么回答的？”

“你的顾虑真多，老的小的，都在你的顾虑之中！”他收敛了笑容，向我报复。

我们是不是真的在无形中有许多顾虑？我们的行踪不够光明正大吗？不想这些，我骑上了车子。

我骑在前面，到了郊外的公路上，就开始奔驰了，他一直追在我的后面。不久他赶上来和我并驾齐驱了，才向我说：“不能小看你，真要追不上了！”

我笑笑没理他。

“是不是刚才我一句话给你将的，所以拼命地跑？”

“我是吃葱吃蒜不吃姜！”我仍是悠闲地快骑着。

“我是爱吃姜的，有许多事，我都是被将得没有办法。”

“那么你来圆通寺也是被我将的吗?”我撅起了嘴。

“我没有这么说,别动那么大气。”他平和地说,明明在容让我。

雨点再落下一滴两滴,我却担心着,我们俩真的谁也没带雨具来,一点防备都没有呀!

在山脚下,我们把车子存在一家小面店里,然后向山上走去。

我把系在颈间的那块白底红点的纱巾取下来,改系在头上。我的系法是纱巾包住头发,但把耳朵露出来,它顺着耳后系在后颈的长发底下。他不做声地看着我做。

虽然是星期日,游人并不多,零零落落的三五个人。旅行也有风气,现在是时兴到草山或北投了。

他说庙宇在台湾几乎是千篇一律的形式,小而且简陋,没有什么可看的。我们匆匆地绕了一圈,便又回到可以瞭望的前面来。这里是居高临下,天色虽然阴暗,但是天空辽阔,远处的阡陌在迷濛中。站在这里,使人有一种感觉——在大自然下,我们是渺小的人类,我们的一生,不管有多大的变化,在永恒的大自然中,又算得了什么?何况在人类中,我们又是微不足道的呢!因此,即使我们如果被人认为不太光明地到这里来,又算得了什么!人生是多么短促啊!

迎面有风,我两手略略地压住头上的纱巾。站在我后面的人,紧挨着我。他的呼吸的热气,微微地喷向我的耳后,我有点迷乱,但不敢回头。

“走吧!”呆了一会儿,他轻轻地说。

“我想飞。”这时我才猛地回了一下头看他,又仰望天空远处,这么说了一句。

“想飞到哪儿去?”

“总想到说不出地名的无尽处去,远离尘世,忘记一切……”

他这时伸手揽住我的后腰,我就不由自主了,靠近他依赖着,跟他走。

“你不是一个快乐的女孩,为什么?”他搂紧一下我,轻轻地问。

我没有话可回答,事实上我这时是很快乐的,但却像是在悲痛中取乐一般,总有一丝莫名的悲哀牵制着我。我笑着,常常是为了怕哭出来。

“不知道。”我只说了这三个字。我这时只想尽情地哭或尽情地笑,这样的发泄应当最舒服,可是谁能真地这么做呢?那岂不要被认为是疯子?

漫步走到离庙宇很远的山坡下,大树旁安置有一块石凳,人们不容易来到这里,石凳上生满了绿苔。

我停在这里不动了,因为有一只鸟从矮树丛中飞过,它绕来绕去,我看它要飞到何处去!我倚靠在树干上。这一带是阴暗中的阴暗,不知有阳光的日子,它是什么样子,它使我想起孩子们在树林中迷途的童话故事。写那童话的作者,必然喜欢独自在树林中构思,布置幻景。

我用手指擦擦石凳上的绿苔，原来那已经是古旧的绿苔了，镶在凹陷处，干得像漆上一道道的绿色，它不至于弄污衣服，我便坐下来了，背靠着树干。

他也坐在旁边，无聊地捡起树枝在地上划着，我们享受这瞬间的静谧。

这时鸟儿飞去了，我的眼光从远处收回来，正看着他的侧面。他的饱满的圆颈很光滑，顺着颈项、下巴、嘴唇、鼻子、头额画上去，是很漂亮的线条……这时他忽然抬起头来了，大概我的注视使他不好意思了，胡乱地指着脚旁一株红色的花儿说：

“这叫什么花？”

“这叫不知名的野花。”

“不知名的红色的野花。”他看着我的衣服说。

我侧身低头看看那朵不知名的小红花，四个小瓣，两只花蕊，我曾经在小学的图画课上画过这类形状的花朵，但是至今还不知道它的名字。它也许叫紫薇，也许叫毋忘我，叫倩草、茳花什么的，花名知道的很多，却和实际的安配不到一起，所以作文的时候，反而要写“山坡上长了许多不知名的野花”了！

现在他把我比作不知名的野花，也许很相衬。真的，他知道的我，和我知道的他，一样的不多。

我把身子恢复到原来的样子，靠着树干。我很懒惰，两脚也交叠着伸直在石凳上了。为了这一移动，他就不得不让开给我伸脚的地方，他站起来，走近树干，一只臂举起来架在树干上，支持着他的身子。他低下头，正好看见我的脸。他说：

“你现在的样子，使我想起第一次看见的你。”

“第一次？”我在回忆中搜索，竟一时想它不起。

“穿着红色的连帽雨衣，雨夜靠在电线杆底下。记得不记得，当时你在躲避一辆三轮车？”

“哦！”我几乎是惊叫了，就是初去他家的那天，当我踽踽独行在那泥泞的小巷中时，正是万般无奈的心情。

“暗黄的街灯，映照着你的被红色包围的脸……”

我闭起眼听他的述说。

“细雨濛濛中，虽然看不清楚你的脸，但是车过时，你微微地皱下了眉头，低下眼皮，那时你很不耐烦吗？”

我睁开了眼，他还看着我，“但是以后，我常常看见你的这种表情。”

“是吗？我只是不由然的。”我从头上取下了纱巾，在手中来回卷叠着。他这时坐下来挨近我的身旁了。

我的长发披散在我的两肩，天气阴暗，我的嘴唇一定是苍白的了，而他离得这样近地逼视着我的脸。我想起胸前的小袋中还装着一管口红，为什么不拿出来涂一涂？于是我用两个手指把它夹了出来。

他一直看着我，无言的眼光，动我心魄，我假装漫不经心的样子拔开口红盖，刚要涂到嘴上去的时候，他按住了我的手：

“不要涂吧！”

随后他就凑近我，轻轻地吻了我的嘴唇，又湿又冷又快。它是突如其来的，又像是我久已等待的，这不可抗拒的力量，终于在我惊疑间又紧压我。

当他离开我的嘴唇的时候，贴在我的耳旁说：

“从第一天我还不知道你是谁时，就给了我不可磨灭的印象，鲜红的雨衣，苍白的嘴唇，忧郁的眼睛，站在昏暗的灯下。当我再在自己的家里看见你时，真是又惊又喜……”

我把纱巾张开，蒙住我整个的脸，仰起头听他喃喃的述说，感激而快乐的泪，从我的眼角淌出来，浸在纱巾上。他说：“害羞了吗？”

“不，再说下去吧。”我轻轻地回答。但是他不说了，隔着纱巾，又吻着我的唇和眼。

纱巾在我的头歪斜时掉落下来了，我以微笑面对着他，但是眼睛还是湿润的。我责备自己，一向那样能够矜持的我，为什么忽然止不住泪水的奔流？这回是我投向他的怀中去了，我双手拥着他的两臂，头赖在他的肩膀上，干脆让兴奋的泪流一阵子吧！

他用手轻轻地摸抚着我的背,我是多么瘦!

他一定知道我在哭,低声地问我:

“是不是我不对了,使你难过?”

不,不,是我太快乐了!我以摇头代表我这样的答话。

很久以来,我都怀疑他对我的善意,是不是只在哄逗一个可爱的小妹妹高兴?今天,现在,我才从怀疑的情绪中解脱了,我流的是这样快乐的泪。他吻我,使我成长了,不再是一个女孩,而是一个恋人。

他轻轻把我推开来,使我面对着他,他注视着我的眼睛说:

“我们从今不再是普通的朋友了,要彼此安慰和关怀,并且应当快乐,是不是?”

我咬着下唇,点头答应他。

他帮我整理我的散乱的头发,用纱巾抹擦了我的脸。远处灰色的天空,仿佛开朗了些,没有光线的投射,就像失去指针的钟表,时间到底在我俩的爱恋中逝去了多少,也不知道。

我屈起两膝环抱着膝盖,他把手放在上面,我就以头脸压住他的手,并且吻着它。

我们不再说什么,我也什么都不想,这全意于偎依的片刻,是多么可爱。

有一只松鼠举起它肥满的尾巴,在我们的面前觅食,它完全不知道有两个人在这里，直到他“嘘”地吹了一声口哨，它才溜走了。

他压在我的膝盖上的手，戴着腕表，我轻轻推开那只袖口看看，早已过了正午的时间，我向他示意，我们这才懒洋洋地站了起来。

循着来路走上去，绕到庙前面来的时候，原来香客和游客们已经参加庙里的素餐，正在围桌而食。我们究竟不习惯做赶饭的客人，便慢慢地走下山来了。

寄存自行车的面食店女主人，笑眯眯地欢迎我们的归来。我们随便叫了一些面食，食量都可惊地大了，看着朝天的盘底，不由得使人发笑。

饭后，我立刻就站起来准备回家，可他还悠闲地靠在墙头坐着，看我站起来，他才问：

“怎么，马上就走吗？”

“是不是吃了饭骑不动车子了？”

“还不至于那么泄气，不过太不卫生了。”

但是我急于归去，不知为什么忽然不安起来，是想起了临来时美惠的眼色。

他到底还是随从了我。我们先推着车，顺着公路走一阵子，算是饭后的散步。公路车驶过来，守着车窗的乘客，都探头看我们，是我的红衬衣太引人注目了吧！

大概连他也感觉到了，所以说：“你喜欢穿红色的衣服是不是？

紫红，洋红，杏红，粉红，鲜红，我都看你穿过。”

“我哪里有那么多红行头！是你的错觉，但是我很喜欢以这种颜色来配我的没有血色的皮肤就是了，你觉得怎么样？”

“那是年轻人专有的颜色，小女孩子的衣服不都是红红绿绿的吗？所以，和你在一起，我也年轻了。”

那么和另外一个人在一起呢？我心头掠过那人的影子，便不由得冲口而出地说：

“怪不得你平常那么老气横秋的！”

“是的，工作环境使人不得不摆出老头子的面孔。”他说完却淘气地假装捋胡须。

幸好他没注意到我的话的真意。

骑上车，我们便专心行路不说话了，迎面有风，喝着风说话也难过。这样速度便加快了，他仍是落在我的后面，当我回头看他的时候，他不得不苦笑着说：

“我简直是老牛破车，想不到你倒是……”

我也很奇怪，我的运动样样不行，怎么只有骑车这一门，竟练得高人一等的本事？恐怕是合作的运动或游戏，我总躲避着，能够独断独行的事情，就比较适合于我吧。

但是他怎么向他的家人交待忽然骑车出去多半天的事情呢？我知道，除了晶晶以外，他并不喜欢我提及他的家庭，我又何必多担这份心呢！即使快乐只有刹那，也是属于我们两人的，不要别人闯进来破坏我们的情绪。

回到台北，分路道别以后，我顺路到一家熟食店买了一些小菜回来，是美惠喜欢吃的卤牛筋，还买了熏鱼给妈妈，明知道妈妈早上到菜场买了丰富的菜肴，我为什么还要这样做？掩饰心情的不安，希望使妈妈觉得我关心家里有客人吧？尤其是今天林教授也来了。

但是出乎我意料之外，走进家门竟静得像每个人都在过阴天睡觉了，我还以为高朋满座，第一就会听见敏姨的叫喊声呢！

我轻轻地推门进屋，一眼望见李新坐在里屋床前的椅子上，正专心地看着一张报，美惠半卧坐，也挤着头在看报纸背面的那一版。屋里并没有其他的人。

妈妈呢？

原来她正在饭厅熨我的裙子。我先把手中的小包包藏在背后，到了妈妈的面前才举起来说：

“我还以为有满屋子来度周末的客人。”

“谁说来度周末呀？你又到哪儿度周末去了呢？”

我做出无所谓的态度朝卧室中走，“美惠没告诉您吗？跟他们一家子到圆通寺去了。”

李新见我回来，便站起来了，美惠问我说：

“玩得高兴不高兴？”她注视着我，我怕她那锐利的眼光。

“还好。”我随便地说，赶紧把话题转了方向，“看，我还以为家里有许多客人呢！李新，你不是说请林教授来吃饭吗？”

“他本来愿意来，但是先跟别人有了约会，所以很遗憾不能来。”

妈妈进来了，她把熨好的衣裙替我一件件地挂起来，鼻尖冒着小汗珠。

“嘿，你知道不知道，”美惠兴奋地对我说，“他们在给林教授介绍女朋友呢！”

“哦?!”我真是为之一惊，偷眼望去，妈妈很沉静，像没听见什么，只是在用手掌抹她脸上的汗。随后我便说：“我怎么会知道呀！那你们又是怎么知道的？”

“喏，他去找林教授，说是不能来，后来又到一位同学家去，同学的父亲也是他们系里的教授，他说的。”美惠说。

我看看李新，他和美惠一样，对于给林教授介绍女朋友这件事，觉得新奇而有趣地在谈论着。

“那么你们猜林教授愿意不愿意？”我是有意地问话。

“恐怕不愿意吧，因为据说他们简直是押解着林教授去的。”李新说。

“那些人真能开玩笑！”美惠不屑地说，不知道为什么。

“怎么会开玩笑呢？介绍女朋友不是一件好事吗？”我问。

“我也不知道我为什么有这种莫名其妙的心理，总觉得那样博学而文雅的林教授，是很少人配得起他的，我怕他会一失足被人推到不幸的婚姻的陷阱里怎么办？”

“我也有和你一样的感觉。”我说。

但是李新哈哈大笑，他说我们简直是杞人忧天，林教授有个家庭是太应该的事，他不应当一边做学问，一边又料理自己的生活，那对于一个过了中年的男人是残忍的。

李新的话很对。妈妈正点上一支烟在慢慢地吸着，烟雾蒙着她的脸，但不知她听了这消息作何感想？李新转身去开窗户，进来一股清凉的空气，我竟打了一个寒战，想起妈妈给林教授的信。是为了我这个不肖女，妈妈牺牲一切的，她外表的镇静，何能代表她的内心？我很心疼妈，说不出来的心情，使我走过去挨近她，顺手整理她的零乱的头发。

妈随我替她弄，对于李新他们的谈论，做一个静静的旁听者，也不参加意见。

我心里也在想，今后我和思敬的关系不再是简单的了，它刚开始，以后怎么了结，我现在不愿意想，我只是一开始就那样倾心于他，想想他今天所说对我的最初的深刻印象，可见我们的心灵早已交流，我怎么能放弃和他的会晤呢！

但是美惠很快地就要回到他们自己的家去，这里，如果我再整天地向外跑，可以想见妈妈的寂寞。我有一种别的女儿不会有的心意，我要挽回妈妈和林教授的感情，不要妈妈为我怀着遗憾老去。

“小姐！我的耳朵！”妈妈喊了，挣脱开我为她整理头发的手，原来我把发夹刺到她的耳朵上了。

“妈！”我轻而快地吻一下她的面颊，她笑了，这样可怜。

十一

晶晶虽然活泼而有趣，但她究竟还是一个谦虚的孩子，面对着这张要填写的联合招生志愿表，硬是不敢说出她的第一志愿要填哪个学校。

她的爸爸妈妈和我都围绕着她，我手执着笔逗她说：

“第一志愿填哪个学校？”

她那么娇憨地笑了笑，躲进妈妈的怀里。

“晶晶的第一志愿，当然要填制服穿得和邮政局一样颜色的那个学校啦！”这是爸爸开的玩笑。

“我不会考取。”说晶晶谦虚，勿宁说她是恐惧。

“考取考不取是另一件事，志愿总是要这么填的。”我说，“晶晶，不要害怕，对什么事都要放勇敢些，我来帮助你。”想起她在模拟考试时，答了试卷出来的紧张样子，我应当这么劝她。但是猛抬头看见站在她们身后他的眼神了，我虽保持镇静，但心也不禁突突地跳动。

昨天我们深夜徘徊在街路上的时候,他在含蓄的语意中,就曾这么劝慰我的,使我有了勇气,不再在他的偎依中颤抖。当时我们是在总统府前面的广场上散步,青色的荧光灯照着他和我,我的浅绿色的绸衬衣变成灰色的了,他的光彩的脸庞竟出奇地惨绿。我正为这无目的的徘徊感觉无奈的时候,再看他这样的脸色,更觉得不安了。我忧伤地说:

“我们该回各人的家了!”

他牵我横穿过马路,躲开了那些青色的灯,进入黑暗的校墙外的树下,说:“没有勇气走下去了吗?”

我在他的拥抱中战栗了,他捧住我的脸又说:“云,不要怕,我帮助你。”

回家后,我躺在床上辗转难眠。我想得很多,我应当有勇气,像妈妈当年一样。以前我曾不了解妈妈,但是现在我长大了,明白了一些。为什么妈妈有勇气随着爸爸去,原来那样的恋情是多么的温馨与甜蜜。而且我也应当促成妈和林教授的事,不要让她为我失去她当年那样的勇气,我已经可以自立了。

晶晶的学业已经结束了,现在只是在温习准备应付考试,我可以不限定在晚间替她补习。今天是周末,我便是上午来的。

晶晶在这家里,也像小公主一样的重要,梁太太不露痕迹地喜爱着这个不是她生的孩子,敏姨她们所谓的“妇德”也就在于此吧?按说，她应当多么妒忌另一个女人和她丈夫生的孩子呢！但是，没有妒嫉，就没有爱情，他们既是没有爱情的一对，我又有何可妒忌她的？我心安理得地不拿梁太太当回事了。

我帮着晶晶把志愿的顺序填好了，梁太太说：

“如果考上第一志愿，我们可得好好地谢谢夏小姐，嗯？”她老气横秋地对他说。

他微微点点头，却没说什么。眼睛可怕地深深地望了我一下。我心里怨他，在这样的场合下，不应当这么不自禁地用这种眼光看我。

好在梁太太没注意到这些，但她忽然不说话了，退后坐在靠书橱的椅子上，两手架在书桌上，无聊地在看她染成银红的十个指甲。她略挑起眼皮，额上的纹路便忍不住要表现出走过的岁月来。她的头是低着的，我站在对面看下去，就觉出那嘴角已微微地下垂。

这刹那间的沉默，使空气渗入了铅，忽然沉重了，会压迫人。他为什么只点点头而不答复她的话呢？我只好赶紧接过来说：

“如果能考上，也是晶晶自己的本事，她原本就是个又聪明又用功的学生。”我这是实在话。

晶晶用小手轻拍着胸口，有些害怕地说：“哎呀，我一定考不上，一定考不上。”然后她又向他说：“爸，你哪天去台中？”

“明天。”

“为什么要明天？正是礼拜天。”晶晶撅起了嘴。

“你有什么事吗？晶晶。”

“要你请我们看一场电影，”她又望着我说，“好不好？”

“要看什么，叫你妈妈请好了。”

“你从来就没请过夏老师。”晶晶淘气地缠着他。

他却向我一瞥说：“那么，晶晶我把请客的钱交给你好了。”

晶晶高兴地合掌向我伸了一下舌头，说：“看什么去？”

我也不禁笑了，我说：“几部好电影我差不多都看过了，”桌上正有一份报，我打开电影版，念着说：“《逃狱惊魂》，不错，我看过了。《魂夺情天》，也不错，我也看过了。晶晶，我们把看电影的约会往后推好不好？这些片子太紧张，你不应当在考试前看它，等过些时《指拇仙童》来了，我们再去看。”

晶晶乖巧地答应了，她说：“可要一定啊！”

“当然。”我也答应她，“你明天和后天都放假，正好在家补睡两天觉，你用功用得睡眠都不够了。然后，到淡水去划划船。”

“那，爸明天什么时候去台中？”

“急事，一早就走，你还在睡觉。”

“回来呢？”

“后天晚上，你也已经睡了。”

“真是的！人家好容易连着放两天假。”晶晶有些怨了，我可以看出，她在心情上更喜欢她的爸爸，因为在人前那样少话的他，和晶晶就常常孩子般地瞎扯玩笑，不像严肃的妈妈，总讲正派话。

我也没听他说要去台中的话，一定是公司里临时发生了事。近来的频频见面，使我也感觉到离别两天有和晶晶一般的心情了。

他的这间房，早晨有些东晒，好在这时的阳光已经渐渐从纱窗撤回去了。窗外是一棵灯笼扶桑花，因为绿叶正轻轻地摇曳，便使光线不安定地投射到屋里来。这屋子里的四个人——思敬和我们三个女性，都有着不安定的心情。他会不会很苦？因为他要应付我们三个人，而每个人都有她不同的身份。但思敬说得也许不错，是我使他年轻了，年轻的活力与冲劲，是不顾一切的，就像文弱的我，骑上车子也能奔驰一阵子。

从梁家出来，已近正午了，自行车放在院子里，车座晒得滚烫的，我用手在上面打了几下，我这举动真愚蠢，车座的热气，并不是这样拍拍就可以驱走的。

但是梁太太这时却守着窗子向院子里的我说：

“你也骑车呀？”

也骑车？我的心一跳动，回答她说：“是的。”抬头看一看她，绿纱窗里那张脸，被窗外摇曳的绿叶映照出来，幽灵似的！我今天的心情怎么这么不舒服！他呢？躲到哪儿去了？

回家午饭后，我从睡得难以沉着的梦中惊醒了，夏蝉长鸣，原来是它跑进我的梦中，用鸣声抓搔着我的心。醒来后，口渴得很，要到饭厅去找水喝，起床踉跄地奔向外屋，妈妈已经午睡醒来，呆坐在沙发上吸烟。我不由得停住了，倚靠着屋门，整理我的头发，并且想：妈近来烟吸得真多，话说得真少，她一定是为了一件事——是为我的行踪不明，还是为林教授的女朋友而烦恼？如果两样都有，那么她的心真是够沉重了。

"怎么样啦，你？"妈回头看见了我。

"睡得难过。"我还睡眼惺忪，捂住心口，喘一口气，"渴醒了，可笑吧！"

"天气一天天地热起来了，我也睡不好。"她把烟蒂挤在烟灰碟里，站起来去替我倒茶水，我就一下子又歪倒在沙发上，我真懒死了。

我喝下一杯水，又闭上眼睛养一养神，我用手抚擦着眼皮，免得浮肿得难受。但是一闭上眼睛，我就想到一件事情上去了——他要到台中去。那么——我也要到新竹去！去看美惠，她回去差不多一个月，来信说恢复得不错了，已经开始上课，要我等晶晶考试后去她那里住住。现在，我要提前去，有些事情使我不能自持。这样想到我就说了：

"我要到新竹去看看美惠，她写信总是要我去。"我对妈妈说，但是眼睛没敢睁开来，还是用手指摩着它。

“什么时候去?”

“明天好不好?”

“等放假不好吗? 我也可以去。”

“我很惦记她,明天去了,后天回来。”

“后天是星期一呀,你还有工作呀?”

“补习是在晚上,那以前,我就回来。”

“也好吧,美惠是够闷的。”

妈答应了,我睁开了眼。

我换衣服的时候又对妈妈说:

“我还要去看看学英文打字的地方,敏姨总是催着我去学。”我把皮带用力地系上腰际,它又靠后了一个新孔,妈妈说:

“看,瘦得前心贴后心了。”

“腰细点儿不好看吗?”我快速地用舞步转了一圈,肥裙张开来。妈妈没再说什么。

也许近来我太苦了,费尽心机在撒谎和防备上,以寻求那不可捉摸的恋情。

我拿起了敏姨送我的小小钱包,是人家从美国带回来送她的,她转送给我。米色的皮面上,漆满了金银红绿的花纹,热情而豪华的颜色,我特别喜欢它。

“去见敏姨,拿她送我的东西,她会喜欢的。”母亲注视着我的举动，我找了这么一句话说。

“到哪一家去学呢？”妈妈问。

“现在就是要去问敏姨。”

“总要离家近些的吧，不要每天跑到老远去。”

“当然。”我说着，已经走出屋门了。

“伞！”母亲提醒我。

我回一步，又踏进屋门里，在墙角找到这把晴雨两用的花伞。我瞥了妈妈一眼，妈很无聊，正低头摸抚拉琪的头。拉琪，热得直吐舌头，哈拉哈拉地喘。

“妈，您很闷，不找朋友来聊聊吗？我找敏姨或者林教授他们来，好不好？”

“我一个人很清静。”

“也许我会找他们来。”我这样说，并不理会妈妈还在说什么，就只管跑走了。

一股不可抗拒的力量推动我走向电话亭的方向去。我心里什么要说的话都没有准备，便把电话拨到旭光去。

“喂。”那是他的声音。

“喂。”这是我的声音。我两手捧住耳机，缩在电话亭的一角，外面骄阳下，行人很少，连向来在电话亭旁捣乱的儿童都没有。我原可以和他畅谈的，但是我不知道要说什么。

他知道我是谁了，所以说：“你在哪里呢？”

“在天边。”我说了，竟觉得无限的委屈，想哭了。我渴慕他，这样厉害，他可知道？

我们的电话霎时无声了，当然，我让他怎么接下去呢？但是我不管，我只想赖着他。

“那么，嗯——”他的声音低沉，一定是紧紧地把嘴靠近送话器。

“你坐明天几点的车到台中去？”我不顾一切地问。

“大概是早上八点二十的柴油快车，怎么，要送行吗？”他有点玩笑的意思。

“请多买一张票。”

“买张月台票吗？”

“买到新竹的票。”

“啊——”他的声音略感惊奇，“你要到新竹吗？”

“不可以吗？你忘记我新竹有朋友了？”

“好吧好吧，”他立刻快速地答应了，跟着又说，“嗯——”他不知道在犹豫什么。当然，我托付他的事情太突然了，使他想不出我要和他同行的意义，但是他应当有这种感觉的——我是在找机会接近他。他可曾遇见像我这样的一个女孩子吗？

“你担心什么吗？”我在电话里笑了。

“不，还有什么事吗？——请坐，请坐一下。”显然是来了客人。

“不谈了吧？你有人来了。”

“明天见。”

我放下电话，手心全是汗，塑胶的东西真讨厌！

我的伞是绿花的，支开来，在它的下面，仿佛满窗的阳光被绿色的纱窗帘遮住了，有一种温柔的感觉，很舒服。

到敏姨家去，要坐一大段公共汽车，这样热的天，我到她家去做什么呢？我真要学打字吗？是的，我是要学，在情绪上，我很有应当充实自己的意念。爱，使我变得积极了，无论是行动或者心情。

车里的人都昏昏欲睡，连车掌小姐的哨子都吹得不起劲。到站的时候，我从车上跳下来，踢死牛的鞋尖戳到土里一下，白鞋尖上挑起一撮土，很可笑，车掌小姐关上了车门，车开了，她还望着我在挥鞋上的土。

我可以猜想到，这么大热天的下午，敏姨是怎样享受她的生活：穿着肥大、不合体的、从美国救济物资那儿买来的洋装，把自己的大身体装在家里那张最舒服的躺椅上，喝着冰水，看着洋书……当我轻轻推门进去，看到果然不出我所料的情景时，我不由得抿嘴笑了。

“什么事这样高兴？”敏姨的花镜快掉到鼻头上了，她的眼睛从眼镜上面望出来，这么说。

“因为我很高兴您在家，下午没有课吗？”我走到她的面前去，把伞靠在躺椅旁。

“课都是上午的。你好久没来了,在忙什么?”她指着旁边的椅子。

“我嘛,”我坐下来,开门见山地说,“我想学英文打字,来请教您。”

“好极了,我一直赞成你学的,做家庭教师并不是长事。”她拍拍我的手背,坐起来。

“是的。”我望着她。

“哦——”她考虑着什么,“学打字,一方面也把英文进修进修,我来给你设计设计。”

她兴奋地站起来了,到书架前去找书,找了一大堆来说:“这些你拿去自己看看,哪一本适合你的程度。至于打字的地方,我的一个朋友开的打字行,离你家不远,人少,打字机会多。”她一边翻动着书,又说:“对了,还有一本会话书,被林教授拿去借给他的学生看,你可以跟他要。而且,林教授的住处离你家近,你平时多去找他请教,必更有益处。”

敏姨简直要把我造就成一个英文专家了,但是说到林教授,我很乐于究其竟,便问:

“林教授不是在交女朋友吗?我不好去打扰……”我话还没说完呢,敏姨连忙大摆其手,大摇其头,嘟着嘴说:

“哪里哪里!他根本就无意于此,是别人硬要关心他的。”

"林教授为什么不愿意呢?"我拿起一本书,乱翻着问。

敏姨似乎无法回答了,她用手指抠抓着额头,鼻孔,那举动真粗鲁,但是她的心思却很细:

"晓云,林教授的真正心意是很难达到的啊!"她说完不胜感慨地拍着我的肩头,我知道那意义。

敏姨顺着我的肩头摸抚我的胳臂,无疑的,她一定是在想林教授和妈妈,以及妈妈和我的问题。我想美惠他们可能不知道妈妈和林教授之间的事,但敏姨一定知道。但不知敏姨对于他们俩的意见如何?牵扯着自己的母亲,又是这类的事情,当然敏姨不会跟我谈,但听那语气她几乎是要脱口而出了。

我低头玩弄着手中的小皮包,因为我很难接下话语,她也许在想,要不要和晓云谈呢?她哪里知道晓云已经知道大部分了,而且也为这,常常使我的心情不能平复。我确有一点不能忍受母亲再婚,这是基于我们的传统,虽然我看林教授和妈妈配成一对,比爸爸更合适,虽然我对爸爸的亲情并不浓厚。但是遇见了这种事情,就有说不出理由的感情在翻动了。然而我愿意妈妈快乐,再过一段幸福的夫妇生活。我是多么矛盾啊!这种感情的挣扎,使我急于求解脱,于是我才像一只急躁的白蛾,奔向灯火吗?

也许我的沉默使敏姨也感觉到了,当我回眸向她无可奈何地一笑时,我们真是"尽在不言中"了。

我也不由得说:“妈很闷,您不去陪她吗?”

“你呢? 她有你就行了。”

“我是我,和您不同。你们可以促膝谈心呀! 她和我谈的是,多穿衣服,拿着伞,带着钱,别回来太晚……”

敏姨用手指羞了一下我的面颊,我们都笑了。

然后我又禁不住大胆而毫不知情似的说:

“您也可以约了林教授到我们家来呀,您们的年岁相近,谈得拢些。”

“你愿意吗?”她话中的意思,似乎是指林教授了。看样子只要我愿意,唉!

我怕太显露,扯到别的问题上,“当然愿意,我和妈妈都喜欢热闹呢! 虽然我们母女都不喜欢说话的。”我孩子般地摇晃着身子。

“而且,”我又接着说,“我明天要到新竹去看看美惠。星期日,妈妈一个人在家,太寂寞了。”妈妈低头抚弄拉琪的样子掠过心头,使我心酸。正是因为看出妈寂寞的心情,使人心烦,才逼得我去追求一时的快意,我知道,我坏极了。

但是敏姨却说:“对,你和美惠谈你们的!”

敏姨这时去橱里拿出一罐凤梨汁罐头,打开来,冲入凉开水,又加入几块碎冰,送给我喝。我喝完又津津有味儿地嚼着冰,嘣嘣地响。敏姨竟皱起眉头捂起自己的嘴巴说:

“别那样，像狗嚼骨头似的，肉麻死了！”

我停止了嚼骨头，敏姨才笑笑说：“年纪轻，到底不同，我的牙吃了凤梨都会酸倒了。”

我不愿再听敏姨唠叨她的老态，我说：“敏姨，我现在就去找林教授要那本书可以吗？同时我要聘请他做我的家庭教师呢。”

“那他还不高兴，只怕你妈妈不赞成。”

“不是我赞成，就能解决一切吗？”

敏姨看着我，莫名其妙地点点头。

我和敏姨又翻开她给我拿出的几本英文书，她给我讲解每一册的优点在哪里，并且告诉我自修的方法，我虽然仔细地听着，但是心理也不免责备自己，我虽有这样好的进修环境和鼓励我的人，但是心绪散漫极了，简直是一个无可救药的人。但愿今后我振作起来，认真地充实自己。唯有一书在手，心中才能平复下来，我一直知道这道理，但是为什么就做不到？我只能零零碎碎地看些闲书，不能做有系统的进修。

“我走了。”我把书本收拾起来，用报纸包好，“您明天一定要去陪妈妈。”

“好的好的。”

乘上原路的公共汽车回来，在离家的前两站下来，很容易找到林教授家。我从来没有到过他家，幸喜今天有很好的借口。

听说这是他自己租来的一栋小房子，原来和他的助教同住，但是年轻的助教结婚了，又剩下他一个人。

我出现在他的房门前，使他有点儿惊奇，我笑着，“林教授！”我轻轻叫了他一声，点下头。

“哦?!”

“我从敏姨家来，她介绍一本书给我，说在您这儿。”我一边说着书名，一边跟他走进了屋子。

屋里显得暗些，但令人有安静凉爽的感觉。屋里铺着地板，走起路来，静得都仿佛有回声呢！没有女人和没有男人的房子，味道的确两样，我们家和林教授家是强烈的对比。他的房子虽整洁，但不够美化，呆板得很。

林教授一副教授的样子，穿着简朴，风度优雅。微微有些谢顶了，头发有一部分眼见在做随着年资的撤退，但是他实际年龄并不太老。

他想了想，果然从书架上找出这本书，掸掸尘土，递给我说：“你要用吗?”

“是的，敏姨并且说：‘请林教授教你吧！’于是我就来了！”

“哦哦，有问题就来问我。”

“但这是一本会话书，自修恐怕不如有人面对教导练习更好吧?”

“也可以，也可以。”

我感觉出他见到我竟有些不自然，也许是我多心。但是看见我，他一定联想到妈，想到妈，他又怎样呢？他怎么不问声，你妈妈好吗？这只是一句普通的应酬话呀！

可是我不客气地说了："妈妈让我见着您向您致意。"

"哦，她很好吧？"他这才说。

"很好。您明天有工夫吗？请到我家玩玩吧？我是要拜您做老师呢！同时还有敏姨，请你们都做我的老师，让妈妈烧两个菜请请您。"

"好极了，我有工夫就去。"

"不，要说一定哟！"我撅了撅嘴，完全不感觉这是我一个人的谎话。我也不告诉他，我明天并不在家。

我很高兴他答应了。他的态度很和蔼，把我当做他的一个女学生似的，可惜我的懒惰与不健康，失去了进大学的机会，否则，就是他的一个正牌学生了。

我连一杯水都没有喝到，这就是男人不同于女人的地方，看敏姨，人家说她怎么男性化，还是保存着女性的细心呢！

这一切，我都做得很自然，虽然我的心情并不自然。

我告辞出来的时候，用伞尖戳着院子里的土，很自然地说："跟您说定了。明天见！"

十二

离开家的时候，妈妈还在高卧，她在享受星期日之晨——睡大觉。我早早出来了，去赶八点二十到新竹的柴油快车。

晨曦中我来到大街上。空气清新，我怀着小鹿乱撞般的兴奋心情，洒水车的水溅到我的鞋上裙上，我也原谅它了！

街道两旁店铺里的人，还在早睡，只有卖早点的开了门，但是星期日的早晨，豆浆店也是清闲的，人们都在家里享受一顿星期日的早点。

我还空着肚子呢！进去吃？还是先到车站再说？我犹豫了一下，车子来了，替我解决了问题，我上了车。

我的行动也够荒唐的，昨天电话中匆匆道别，不知他究竟是否给我买了车票，会不会当我是开玩笑的？因为我请他买票子的态度太不够正经了。如果没有买，星期日的票买得到吗？但我有一种预感，他是更早的已站在火车站前等着我了：提着旅行袋，穿着——他几乎不穿香港衫，而是喜欢穿软领的格子衬衫，绛紫加白的颜色，走到他身边，散发着香皂的味道，给人清爽的感觉……

我想得脑力不集中了，眼望着火车站的大钟，竟差点儿不知道下车。

我顺着公路车西站的出入口走进去。真的，他果然在我的盼望中伫立在那里，但是他是向着东站望，我走近他的后侧。

“在等谁？”我猛然地说。

他回过头来，惊异我来的方向。“我正在想。”他说了半句。

“想我会不会来？”

他牵动一下嘴角笑笑，不承认也不否认，把我手中的提包接过去，我们向车站里走。

我们够大胆的，这是一个公众场合，每个人到车站都会遇见相识的人。我不怕遇见谁，然而他呢？

他仿佛并不忌讳什么，仍然在一群候车的乘客中和我低语，他说：“只要一小时，就到新竹了。”然后他从衬衫袋里拿出一张票给我。

“你呢？”

“我嘛，再多坐一个半小时到台中。”

“我们只同车一小时。”我很有点儿遗憾，为什么不坐慢车？那样，差不多三个小时才到新竹。

走上了车厢，对号坐下，我靠在窗子边。

“我猜想你一定还没吃早点。”他说着从手提包里拿出一个纸袋来，递给我。

我打开纸袋，里面显露出的是两块烤过的吐司，夹着黄油、肉松和酸黄瓜，这是他家的制品，我知道的。

立刻有一股莫名的情绪，使我心情纷乱，我说不出是悔，是妒，是悲。

我把它放回纸袋里。他正站在我的眼前，探着身子在向上面放旅行袋，我真想一把搂住他，头靠在他的腰际，让我心境平复。但我只轻淡地说："你猜错了，我吃过咧！"

我把食物递还给他了。这时车已在蠕动，人们乖乖地回到自己的座位上来，因为当它一驶出了站，就要拼命摇晃着奔驰了。

我们同车只有一小时的时间，但是自从车开出后，我倚着车窗发怔地向外看着，已经过了十分钟。他在忙着看当天的报纸，似乎没把身边的我当回事，他不珍惜这短短的一小时吗？或者他对我不断地粘着已感到不太愉快呢？在下意识中，我总是千方百计地打主意接近他，我为什么这样呢？我怎么办呢？阳光照着车窗，我把遮阳窗帘拉下来，随手在皮夹中拿出一本书——《海的礼物》，林白夫人的名著，她告诉妇女们，怎样在纷乱的世界、纷乱的生活中，取得一份宁静给自己。这是我要带给美惠的许多本书之一，我已开始看了一些，我想它对于结过婚的女性，比对于我更合适些。这种体验人生的散文集子，不一定要顺着次序看，尤其对于一个旅行的人，可以随便翻开哪一页阅读。我无意地翻开了第八十六页：

……圣艾克司雨贝希所说的"情绪的生活，真实的生活，是间歇的，只有理智的生活才是有恒的……情绪……时而能看见全部幻象，时而变成绝对盲目。举例说，有人喜欢他的农庄——可是有时他会发见他的农庄不过是一堆互相没有关联的物件罢了。有人爱他的妻子——可是有时他会在爱情中发见，除了负担、阻碍、束缚之外，别无所有。有人爱音乐——可是有时他会听不进音乐。”

我们的感情的“真实的生活”，以及我们和别人的关系，也是间歇的。当你爱某一个人的时候，你不会无论哪一刻都爱他，也不会总是一样地爱他的。这是办不到的事。假使有人装佯，说他会，他就是说谎。可是这却是我们大多数的人所要求的。我们对人生，对爱情和对别人的关系等等方面的高潮和低潮，信心很少。我们跳起来欢迎各方面的高潮，怀着恐怖来抵抗低潮。我们害怕潮退了会永远不会回来……

我阖上书，心里有些发抖，不知为什么？我把书本放在我的膝上。我看了她的书，心中并不能宁静。我发抖，是因为早晨没有吃东西就乘车的缘故吗？手表指向八点五十分，桃园到了，但是车子没有停，把桃园的牌子丢在后面。时间已经过去二十五分钟了，他的脸还埋在报纸里。

我站起来活动一下身子，这种快车车厢大概为了减轻重量，所以比普通的小了些，我这高个子，腿伸得不能自如，实在不舒服。我这一举动，才把他惊动了，他总算离开报纸，用深邃的眼光望着我。

“坐累了吗？”

“太小的座位。”

他又拉过我的手，让我挨在他身边。

“你说两部片子都看过，是真的吗？”他正经地问。

“什么？”我没有明白。

“你说《逃狱惊魂》和……”他展开报纸上的电影广告版，“和《魂夺情天》都看过？”

“我为什么说谎？”

“那就好了。”

停了一下，我觉得很不对茬儿，便问他：

“你这是什么意思？”

“没有什么意思，我只是也很想看罢了。”他拍着我的手，那意思仿佛是安慰我，教我别生气。

“把故事讲给我听听。”

“那我就得给你讲到台中才讲得完。”我看着手表说。

“讲个大意好了。为什么说太紧张而晶晶不宜看呢？”

“的确是的，你看这两部片子的名字，还不够惊险吗？”于是我就粗略地把这两个电影故事讲了讲，最后我不由得要说：“两个故事中对于人性的描写极成功，逃犯和坏女人也一样有善良的本性，但是编故事的人多胆小啊，他们为什么不敢让逃犯脱逃成功而一定要束手就缚呢？在黑人的动人心魄的歌声中就擒。而另一部片子的坏女人呢，干脆让她被人打死了，编故事的人怎么没有胆量让她和法兰克辛那脱美满地结合呢？嗯？——”

我讲到这里直望着他的脸，他倒听得舒了一口气，笑笑说：

“不这样，社会的秩序怎么能维持呢？你想的总比别人多得多。”

“是的，别人如果先后看过这两部电影一定都是满意而归，不会把它们联想到一起；但是不知怎么，就使我想到这么多了。就像还有一次，我又是同时看了两部电影——左拉原著改编的《酒店》，和雨果原著改编的《孤星泪》，两本原著好，电影也好，看了很感动人，但是它竟使我许多天都在想，人生是无望的，是不是？一直到看了西德片《菩提树》，才使我心境恢复过来，我就是这么敏感！”

他不说话了，只点头着，眼怔怔地望着前面的座位。他也在细细琢磨这些人生的问题吗？

“怎么不说话啦？”我问他。

“我不是一直在听你说吗？你知道我是一个很少说话的人。”

“我也是很少说话的呀！唯有在你的面前，心里什么都抖落出来了。”

他像看一个有趣的女孩那样看着我。我怕他不看我，看了我又很害怕，心里有一根不定的游丝，总是飘来浮去的。

“你在新竹耽搁多久？也许我们还可以约定同车回台北。”他问我。

“不一定，全看我的高兴。你呢？”

“我星期一总得回来的。”

“住在哪里？”

“总是在虹山旅馆的时候多，那里清静，环境好。”

“虹——山——旅——馆。”我嘴里轻轻地念着，手指在书本上画写着这几个字。

“问得这么详细，有什么不放心吗？”

“是的，我不放心，或许去查看查看。”

“真的？那么我就等着你。”他笑了一下，这么说。

这时，我看看表，快到目的地了，车厢中已经有人在活动，取行李，收拾东西。

“我到了。”我说。

“是的。”他毫无表情，也没有约会，我总觉得对于这次的同行，他是有着勉强的心情。

车进新竹站了，我站起来整理好一切，手提着旅行袋，站在前面座位靠背旁，面对着他。我说：

“祝你继续一个没有人打扰的快乐的旅程！”

想到这一小时同行的旅程，有什么意义？半小时的沉默，半小时在听我一个人唠叨。但我应当原谅他，在公共的场所，他不能无所顾忌，他虽然口口声声对于改了行的工作表示厌恶，但他毕竟还是一个做事负责任，有前途的人。何况他有一个家，一个心爱的女儿呢！和我，是不是抱着只可以在暗角中取乐一会儿的心思？今天这情形是我闯入他的光明的一面来了。想到这儿，多么令人气恼！但是他却说：

“下面一小时半的旅程，会突然感到寂寞了，只好睡觉，闭上眼睛慢慢地想——”

这时上来了从新竹上车的客人，我的座位立刻被一位肥胖的女人占了，我让出座位走出来，弯下腰轻轻在他耳旁说道：“只当我在你的身边。”然后我挤一下右眼淘气地笑了。

他斜头瞥了一下那肥婆，正襟危坐，摆出正经的面孔，以打消我的淘气的话语，免得被人注意。

我下了车仍立在车窗外，等候快车开出站去，我和他招了招手，竟有无限惜别之意。

车远去了，我还发了一会儿呆，在那一刹那间，我的头脑麻木了，竟忘记置身何处，连美惠的地址都想不起来了。

走出收票口，走出车站，我的思维方恢复正常，才想起了美惠他们的住处。

来过新竹，还是许多年前的事情，爸爸的朋友在新竹开工厂，邀我们全家来玩的，记忆已经很模糊了。但是，在台湾许多市镇车站前的情景是类似的，例如，火车站外就是巴士站，它紧接着火车到站的时间，再把旅客转载到另外的乡镇去。所以，也就不觉得这里比别处更陌生了，我相信即使我一个人跑到台中市去，那车站一定也是一样的，我也会找到那个叫做虹山旅馆的，啊，虹山旅馆！

新竹却是一个整洁的城市，虽名风城，却很安静。我雇了一辆三轮车到美惠的住处去。她说靠近郊区，宜于疗养，可惜我的病已经结了疤，用不着疗养，但是近来我体重反而更轻了，大概是心常常跳出心槽，跑到别处去，所以就失去了一部分重量。

星期日的上午，不知美惠和李新在干什么？她在看本子，拿着红笔画分数？他呢，锄松院中的土，给丝瓜搭棚架？不过她来信说，丝瓜已经可以吃了。吃着丝瓜，想到自己还不如丝瓜可以结子呢，一定心里很难过，不懂造物者为何这样惩罚他们啊！

这条街真安静可爱，宽宽的柏油路，路旁两排大树把这条街遮成一条阴凉的甬道，没有一辆车、一个人在路中行走，除了我。走到柏油路的尽头，再下去就是通郊外的石子路了，最后的一家才是美惠的家。

门虚掩着，我推开它，吱扭一声，像是电影里的一幕镜头。我好像来过这里，非常熟悉地走到后面去，她说过在树阴下看那广大的田庄，够她发一下午呆的，本来美惠哪里是肯发呆的人！

后面的田庄果然是广大的一片，家前是街，家后是田，和纯都市的风趣自是不同。美惠，穿着睡衣在饲鸡呢，身子背着我。

“看！谁来了？”我高兴地喊。

她回头看见了我，惊奇得睁大了眼，扔下鸡食，迎奔过来：

“是你！真想不到！好像在做梦！”

“我也想不到。”

“为什么不先写信？李新刚好去台北了。”

“我是临时决定的，”我慢条斯理地瞎说，“我本来跟他们到台中玩，便决定中途下车先来看看你。”

“谁？跟什么人到台中？”

“还不是我教家馆那家的亲友们。”

“哦——又是他们！”美惠挽起我的手臂说，“就不要去台中了吧！就在这里，嗯？”她摇晃着我的肩头。

“让我想想合适不合适，我跟他们倒说的是活话。”我这样说，就是给我犹豫不定的心情一个余地，我为什么要这样！

这里的确是个可爱的地方，看远处，绿油油的一片，心情为之开朗，眼前，我们是在瓜棚底下。美惠，比在台北健康多了，几乎已经恢复到原来的样子，虽然清瘦些，但是这样反而动人了，像一个妇人——一个不能生育的妇人。

他们的生活，一定多半是在这瓜棚底下的，因为这里放了方桌和各种椅子，很像西洋家庭画报上的家庭布置一种。

“要能在你这儿住一个时期，一定舒服极了。”

“我一直惦记你和妈妈有一天要来。”

“会来的，暑假不远了。”

她带我进屋去。她换衣服，梳洗，我把给她带的书拿出来。对了，妈妈给她缝了两件无领上衣，昨晚赶做出来，我也带来了。

“这都是你的。”我说。

“咦？你不是说临时决定下车来的吗？怎么还带了东西来？”

“我不是在车上临时决定的，而是昨天在家里临时想到，和妈妈商量的。”

“噢。”话没有什么破绽，她不会起疑心的。

她在处理家事，一会儿走到这儿，一会儿走到那儿，我就跟着她，和她说话。她有说不完的话：她的病，她的学生，她的李新……说到她的病，她的心情还不能平复，忍不住地有些哽咽，但随后就好了。

她在厨房点火要烧午饭了，我忽然想到柴油快车到达台中的时间，倚在厨房的门边，看着炊烟发呆。

“小鱼儿！”她叫我。

“嗯？”

“文渊还常来信吗？”

“总短不了来信呀！”

“小鱼儿！”她吞吞吐吐的。

"嗯?"我等待她的下文。

"我有一种感觉。"她盯住我的脸。

"什么感觉?"

"你在恋爱?"

"哟!"我没想到她问的是这句话,"跟谁恋爱?"

"跟梁家的一个亲戚什么的。"

"你怎么会这样想?"我满不在乎的样子。

"是不是吧?"她盯住我问。

"让我想一想,"我做出开玩笑的样子,"我跟他们之中的哪一个恋爱?"我把食指指着头额。

"那么,也许他们之中有一个在追求你,"她更正说,"梁家一定在替那个人拉拢你。"

"这倒是想不到的事。"我笑了。

"我料想的不对吗?"

让我怎么说呢? 我到新竹来,一半固然是为了和他同行,但下意识中也有想找美惠倾谈的意思,心中常有一些东西要跳跃出来。但是美惠问到它,我就又不得不隐瞒住了,如果她疑心的是梁家有个亲戚在追求我,那,也好,所以我说:

"我怎么能对你做肯定的答复?"我这句话真滑头。

我替她摘洗青菜,她的鼻尖冒着汗,脸上红扑扑的——脸上涨红了，必定有要紧的话要讲，那是她的毛病。可不是，她抹着汗说：

“我和李新谈过好几回了，我们说，不应当再勉强小鱼儿和文渊了，如果他们俩实在不可能的话……”

我静静地听着，青菜下到油锅里，吱啦一声，震了我的听觉一下，有句话没听清楚：

“……希望你能找到你合意的对象，爱情不是可以勉强的。”

“好像你对小鱼儿放生了。”我开她玩笑。

“是的，给你一条生路，免得你痛苦。”

“但，也许我走的是死路。”美惠没理会我的话，我又说，“那么，你们对文渊也要做同样的表示啦？”

“听由你们自然去！”她也笑了。

“我也有一种感觉。”我帮着把盘盘碗碗端到瓜棚下的桌子上。

“什么感觉？”她问我。但我等她忙进忙出坐稳定了，才说：“为了文渊，你们丢弃我了。”

“我也要问你了，你怎么会这样想？”

“听由你们自然去！哼！这是你说的。”

“坏东西！”她笑了，举筷子要打我。

我闪躲开，笑说：“好了，咱们不谈这些，我很烦闷，才来找你的呀！”说这句话时我心里在滴血。

我的食量很好，原因是我从清晨到现在才吃东西啊！

午饭后，她不要我帮着收拾，那我就独自躺到她的床上休息了。

小白猫也进来了，轻轻地跳上凳子，跳上床，倚到我的胸前来闻我。

“知道我是小鱼儿，你就来闻我，是不是?”我拍拍它，它就咕噜咕噜的，发出表示好感的声音来了。我慢慢摩挲着它，在催眠的蝉声中睡去，……又从惊人的汽笛声中醒来。

我睡得很沉稳，很舒服，到了致人无梦的地步，最后害在这汽笛声上。

“这里离火车道很近吗?”我睁开眼问美惠，她大概在改学生作业，好像没有午睡。

“远着呢！只是因为广大的田庄，声音没有阻碍，就划空而过地传到这里来了。”

我把两手背在头后的枕头上，回忆着刚才的汽笛声，想起了什么，我说：

“火车的汽笛声使我想起了一部电影，不知你看过没有？片名叫做《芳华虚度》。一个少女耽误了一场婚事，等到她追到火车站去，汽笛长鸣，火车已经载着爱人远去了。若干年后，她又无意中再遇见那男的，他已经和别人结婚了……”

美惠竟然停止了手中的工作，把笔咬在嘴里，斜过头来静听着。

“后来呢?”

“后来呀！他们还是结合了，但她反而做了他的外家，虽然生了孩子，却不能公开露面，所以，每逢听到火车的汽笛声，她都会战栗不已，它成了一种痛苦的记号。”

“就像刚才那声划空而过的汽笛？”

“就是。”

她回过头去，继续她的工作，我无聊地拿起床头一本杂志，翻开来，找可看的文章。

我看了几篇文章，视若无睹，因为它写的是甲午的历史等类的东西，时代离我太远，不能引起兴趣，倒是翻到最后一页，看见了行车时刻表。

是的，我早晨是坐的八点二十的柴油快车，九点二十就到了新竹。他呢？十点五十六到台中。下一次到台中的车呢？车次多极了，在台湾交通真便利。柴油特快，十三点半的已经过去了，十七点五十五分——就是五点五十五分，我看了一下手腕上的小圆表。嗯——我犹豫着，美惠忽然对我说：

“等我改完本子，带你逛风城。”她头也没抬地说。

“听说这里有个城隍庙。”我慌忙地抓了句话。

“是的，说逛城隍庙，不如说到那儿去吃点儿什么。”

“嗯。”我瞎答应着，再继续看时间表——二十点三十分，就是八点半，有趟快车，二十二点五十——就是十点五十，到台中。

我的心剧烈地跳着，不能忍受，把书阖上，放回床前的小几上。美惠这时站起来了，她深深地舒了一口气，表示工作完毕的轻松。我呆望着她。

她一回头看见我在发呆，举起一叠本子笑笑说：

“我对孩子的寄望，也就在此了。当然，我还得寄望于你！”

“去你的！”我撅起嘴骂她。

“去洗个澡，我们出去走走吧？或者你愿意等晚上临睡觉再洗也可以。”

“不过——”我不由得吞吐其词，内心挣扎了一下，还是说道：“我宁可现在洗。”

洗浴出来，全身清爽，非常舒服，看看表，四点多了，这时太阳的威力也已大减，暑气全消，宜于遛马路了。

我们顺着美惠住的寂静的市区边缘向市中心走去。新竹才多大，我们边说边行，不知不觉就绕到车站的附近了。

“新竹有什么土产可带的？”我随便问美惠。

“新竹白粉，要不要搽？新竹饼，要不要吃？”

我心在想别的，全没有答理她，只是瞎摇着头。

“倒是有一样东西可以带给你的小朋友，通草纸和通草杆。”

“它有什么用？”

“它白得可爱，代表纯洁。”

美惠带我去买了一些这玩意儿。又去城隍庙拜见城隍，我们东一摊，西一摊地尝吃着各种本地点心。美惠说我们是在吃流动食，这是住医院学来的名词儿。

绕到火车站前，已经六点多了。暮色苍茫中，又听见火车尖锐的汽笛声，我俩都不由得向车站望去，美惠笑说："痛苦的记号又在响了。"

我这时不知哪儿来的一股冲力，立定脚步，竟然说："美惠，我还是得去台中，今天。"

她对这突然的提议吃惊了："咦？"

"你看，"我恢复镇静地说，"他们本来要我坐五点多的车去。"

"五点多，已经过去了。"

"可是还有八点多的车呢！"

"你多使我失望！"她的孩子气来了。

"如果我根本不来呢？"

"但难得的是今天李新不在家。"

"那又有什么关系？"

"我们可以爱怎么谈，就怎么谈。"

"我不久还会来。"我将手搭在她的矮小的肩头上。

她有点儿不愉快了，默默地走了几步，终于展开了笑容，"去吧，你有你要去的心情。"

多么可怕的心情！

但愿我没有这种心情。早上在车上看的书中怎么说的？“当你爱某一个人的时候，你不会无论哪一刻都爱他，也不会总是一样地爱他的。这是办不到的事。假使有人装佯，说他会，他就是说谎。”——然而，要我在这个时刻摆脱开这种心情，是不可能的。

那么，让我像根燃烧的蜡烛，别故意去吹，让它自己灭。

八点半的车，准时地开了。我有点恐惧，他会不会厌恶我的缠磨？不要紧，到那时候，我会向他述说，这无可依赖的心灵，请他收容。他不是也说了他会等我吗？

出了站，火车直向黑暗驶去，尖锐的笛声，一下下抽打出来，这么残忍。

两小时以后，我已经站在虹山旅馆的门里。

伏在柜台上打瞌睡的女孩子告诉我说，二〇六号就是二楼的六号房间，她睡眼惺忪地指着身后的楼梯。

虹山旅馆的确安静，大概它离闹市较远，所以生意清淡，旅客牌上稀当当的，但建筑很好，看着高尚。

我迈上瓷砖的楼梯，心中一无所思，专心记住“二楼六号”这个号码。我希望走一段高高的楼梯和一条长长的甬道，好让我心里准备一下，但是六号已经到了！

奶色的屋门，钉着黑底白字的“6”，屋门上面的通气窗透出灯光，有人在屋里。

我犹豫着。但我有什么可犹豫的？立刻伸手轻轻地敲了两下。

“请进。”是他的声音，但像从远处发来的。

我推开门进去，再关上，仍靠门站着。他正倚着露台的门边。灯在床旁，我这里是暗的。我的猫步一定使我像个幽灵，我不由得举起一手理顺我的可能零乱了的长发，然后，手停在后颈上。

刹那间的迟疑，他才吃惊地轻喊：

“云！”

“我还是来了！”我无奈地说，不知道自己是不是在惨笑。

“你怎么——”他说了半句话，放下手中的什么东西，带着疑虑的眼神向我走来。可怕，又可爱。他没有穿上衣，白背心外露着健康肤色的宽肩。我这么纤弱，等着他过来责备我。

他走近来，接过我手中的提包，扔到门边的椅子上，我仰脸目不转睛地看着他。想不到他说：

“你一定累极了，看你的脸色！为什么这样……这样晚还跑来？”

但他却挪开我压在后颈上的手，把头埋在我的头发里，深吻着我的颈。我知道他会想我的！他的头发散发出使我迷惑的气味。

“我为什么来，你知道。”我的眼泪又要流出来了，我真累极了，这样的寻觅。

“刚才站在露台上看星辰，还想到了你。”他半天才抬起头来说。

“所以我就来了。”

“不是，”他摇摇头，“我很不放心你。”

“为什么？”我不懂。

“逃学的孩子，早晚要被捉回去。”

“你不知道逃学的滋味吗？先是有了动机，跟着是恐惧，勇气，窃喜，欢乐……”

“最后是毁灭。”

“却是欢乐过了。”

但是我也的确疲备不堪，脚发胀，在新竹的街上走多了路。我脱下鞋，提起它，赤脚走到沙发前，把自己扔下去，闭上眼睛。

这一天是悠长的一天，奇异的一天，挣扎在寻求欢乐与毁灭之间的一天。

我听他叫来女服务生，吩咐她再订下隔壁的房间。

但我根本没有过去。

十三

从露台看下去，是一片园子，红色凤凰木开得令人动心。这片园子要放在台北，还了得！但它却静静地藏在这栋不引人注目的楼房后面。

朝暾初上,园子里没有完全被朝阳照到,露水还留在一些树叶上。我梳理着我的长发。每天都有几丝发离开我的身体,它们轻轻地从我的指间溜下露台去,扭两扭腰肢,就无影无踪了。

我倚着露台的石栏,返身拿通露台的玻璃门,做我的梳妆镜。我把长发编一编,高高地挽起一个松松的髻,我从来没有这样做过。镜中照照看,这样使我的颈项到肩头,显出很柔美的线条来。我顾影自怜,靠在石栏上半天没动弹,快像一座石膏美人了。

他不像我这么容易惊醒,好睡得很,听说女人在这方面敏感得多,是吗?

我看他的身体在翻动了,便返身向着露台外面,不去看他。我希望这时有一群白色的鸽子,响着它们的哨子从蔚蓝的天空上飞翔过去,打破这里的寂静,并给我一些平和的感觉。

他起床后并没有先到我这边来,而到盥洗室去了。过了一会儿,我听他回到屋里来,不断地走动着,一定是在整理这样那样的,为什么不到露台上来呢?要穿着整齐才敢见我吗?

“思敬!”我忍不住喊了,但身子仍向着露台外伏着。

他这才走出来,两只手臂支撑在我两边的石栏上,整个身子围着我。

“我以为你在穿大礼服呢!”我身子一动不动地说。

"差不多。"他这样一说,我猛转身看,可不是,他脸上刮得青青光光,穿了雪白的衬衫,结着领带。

这是要出门的样子,为什么?

他注视了一下我的崭新的打扮,说:

"这样的发型,使你看起来像一个妇人了。"

他这样健忘吗?

"我已经是一个妇人了!"我的手指在石栏上画着,帮助我加重说这句话的分量。

他没有说话,轻快地给我嘴唇上一个歉意的吻。

"我们要到哪儿去?"我整理他的领带问。

"我到省府去找人办事,你留在旅馆里吃早点。我办完事,就去买车票,然后送逃学的孩子回台北。"

这样吗?我多么失望,他不和我一起在露台上等鸽子了?但这怎能怪他呢?他来台中是处理他的事务,又不是陪我等鸽子的,他已经给予我很多了。

"也好,"我舐湿了我的嘴唇说,"我一个人看鸽子。"

"嗯?"他莫名其妙。

我冷笑了一下,"不懂算了!"

"我叫他们去买台中最好的烧饼油条来给你吃好不?在台北反而吃不到的。"

这算得了什么呢！我未置可否。

他走回屋里去收拾什么，等一会儿，听见他在叫："云！"

我走进来，到他的面前。他深望着我，说："又不高兴了吗？"

我没有讲什么，他把我拉近他，我就乘势将头埋在他的胸前，偎依了好一会儿，才放开他。

他又轻轻地叫："云！"

"嗯？"

他好像要说什么，但始终没有说出来，也许我知道他的意思，他正想到什么，干脆由我来说吧！

"思敬，你是想到关于欢乐后的毁灭的问题，是吗？"

他两手抚摸着我的两肩，什么也没说。

"你去办你的事吧，放心我好了。"

我这时忽然发现，我在每要做一件事以前，是恐惧的，而他却在事后。我做了，就不在乎了，他在乎的。这是因为他的年纪使他这样，还是他的遭遇使他这样呢？

我要让他放心，所以我轻轻把他推出去，说：

"就去叫他们给我买台中第一流的烧饼油条吧！"

一夜之间，我成长了这样多！

我独自留在旅馆里了，索兴搬一张藤椅到露台上来，我喜欢这块地方。

小女孩送来点心和今天的报纸，我不管她会怎么想我，我已经这个样子了。我真为我的胆量惊奇。

我忽然想到了妈妈，除了妈以外，我不对任何人抱歉疚的心，连美惠算上。林教授昨天依约前往了吗？但愿妈妈过一个愉快的星期日，希望家里有很多客人，不是正好李新也到台北去了吗？一定会到家里去的。

我好像已经看见了家中的情景——灯旁绕着烟雾，敏姨不讲公德，嗑了满地的瓜子皮，拉琪在客人的脚底下钻来钻去，它是人来疯！妈会惊奇地对李新说："看，云儿正到新竹去找你们哩！""那我今天赶回去！"李新会不会这样说，这样办？

然而世间没有一个人知道，星期一的早晨，我独自在台中旅馆的露台上坐着。

在台北的他们都去上班、上学、教书了，连拉琪都负着看家的责任，只有我这么闲荡。英文打字一定要去学，使生活过得充实些，有意义些。不要像现在的我，无聊到在修指甲玩。也希望妈妈和林教授能挽回他们的感情，如果由于我的努力，我想会很快的。

但这里真是一个舒服的地方，这家主人为什么愿意把这样的地方开一间生意清淡的旅馆呢？看，露台下面有人在走动了，原来这里还养着一只猴子，小女孩正和猴子逗着玩。像这样的地方宜于做什么？做一个有钱人的别墅，或者外家什么的，啊！我为什么这样想？

我站起身活动活动，小女孩抬起头来看见我了，她向我笑笑，指指楼下的门口，“回来了！”当然是指思敬。

思敬是这里的熟旅客了，那么，她拿我当成他的什么人呢？

果然他回来了，进门先脱上衣，解领带，小几上还摆着我吃剩下的点心，他拿起一根油条来吃。

“事情办好了？”

他好像饿得只要吃，顾不得说话了，只是点点头。

“真快，已经从省政府打来回了？”

“几点了，你不知道吗？但我早晨忙得什么也没吃。”他看看表，“云，我们坐两点的车。”

“但我多么愿意长久住在这里。”我望着凤凰木，不胜惜别地说。

“我也愿意，”他用手帕抹抹嘴，走到我的身旁，也望着露台下的园林，说，“让我们记住这个共同的愿望。”

但这只是一个渺茫的愿望罢了。是楼下哪个房间的收音机扭开了，播出一段很熟悉的圆舞曲，我想不起名字来，但是我的脑海里却幻出一幕银幕上常有的画面——大厅里客已散尽，一对舞侣还在舞着，舞着，三步的华尔滋，舞到大厅外，舞到园林里，舞到凤凰木下……

逃学的孩子终于被送回台北来了。出了台北火车站，眼前是攘来熙往的人群。中正路，还是那个老样子，但我忽然对它陌生起来。我离开这里很久了吗？不，昨天早晨才经过这里的，但它好像有一世纪那么长，也仿佛经过了好多好多的事情，一切都改变了。其实改变的只是我自己。

随着人潮出站以后，我就一直朝前走，三轮车和街汽车在招揽生意我也不理会，心不在焉。

“你要怎么走?”他跟在我的身后问。

“我急着回家。”

“那为什么不坐车呢?”他奇怪地问我。

“我是想坐公共汽车的。”

连我自己也不知道为什么要乘公共汽车，是在拥挤的车中，我们俩不容易成为一个明显的目标吗？台北不能使我光明地和他立在人前吗?

他也随着我上了公共汽车，我小声地说：“你走你的好了，何必……”

他瞪了我一眼，大概嫌我多嘴。

这时正是下课和下班的时候，原是最不宜于乘公共汽车的。有一站，上来一群小鬼，都穿着黄卡叽学生服，像载了一车蝗虫，谁也不得安宁。他们笑着，挤着，旁若无人，我感觉到我的发髻不妙了，赶快用手扶住头。他也被挤得挺直了腰板，向我苦笑。

从车窗看出去，马上就到我下车的站了，我和他挤到前面来下车。他原可以再坐下去的，但是也和我一起下来了。我们下车都舒了一大口气。

“为什么你也下来了呢?”我问。

“我可以走回去，也宁可走回去。不过那群孩子真快乐。”

但是他却陪着我往我家的路上走。

“不知你的妈妈可在家?”他忽然问我。

“怎么?”

“我是不是应当见见她呢?”

他真糊涂，好像头脑忽然不清楚了。我说：

“这个时候见她干什么呢?”我倒显得急躁起来了。

他沉默了一下，才慢慢地说：“有些事情我应当负起责任来。”

我对于他这话的意思，似懂不懂，便说：

“以后找一个更合适的机会再说吧!”

这时已经走到巷口了，远远的拉琪的吠声迎了上来。

拉琪见了我们好高兴，它又扑向我，又去闻他，忙得了不得。我这两天不在家，它不知怎么惦记我呢！忠心的小黑奴!

“你看，它还认识你呢！跟你表示好感。”拉琪不断地在他的脚边绕着，闻着。

他不管这些，只顾问我说：

“明天你什么时候给晶晶补习呢?”

“仍然是上午吧,但是我今晚还要去你家一趟,晶晶的一些功课等着我批改。”

“那实在太辛苦你了,因此明天中午我要请请你。”他笑笑。

“为了你的孩子,算不得什么。”是的,晶晶不应该说是他一个人的孩子吗?“而且,我从新竹带了一些洁白可爱的通草纸预备送给晶晶的。”

我们订了约会就分手了,当他转身走去,拉琪竟也跟着他的脚后跟跑,我喊:“拉琪,拉琪,回来!”它不听,就算了,我一个人回家来。

妈妈这时恐怕还没有回来,所以拉琪才在巷口这儿等待,也许它跟思敬跑,本意还是要出去等妈妈的。

我伸手要把钥匙插进门锁里,忽然觉得什么不合适了,于是我的手又伸向头上,把发夹一一拆下来,卷成高髻的头发,立刻散下来,又披到我的肩头上。我不要让妈妈看我改变得这样多!

在黄昏的寂静中,我悄悄地走进来。我离开家有两个白天,一个晚上了,人世真是瞬息万变。我们总归要变的,我能和母亲在这里待上一辈子毫无变化吗?就是妈妈,她也说不定要变一变呢。

别的都是小事,目前的“天下一大事”就是我要怎样自圆其说?我进屋后,把手提包里的东西一样样拿出来时,这么想。

通草纸和通草杆,我把它们打开来,这当然表示我真正去了新竹，然而我要弄明白的是李新昨天到底有没有来家里，我才能决定我是否应当说在新竹遇见李新？

我思虑得很累，把手提包略事整理后，便合衣倒在床上，打算眯一会儿。我倒希望妈妈今晚是有个约会什么的，那样她自己行踪不明，也就不会追究我了。我这打算，真是一个坏女孩的打算，它的出发点就不良善。

我在似醒似睡的当儿，妈妈就回来了，我从床上猛地爬起来，奔到院中去迎接她。

夕阳还有一点点光，投射在那棵相思树的梢头上。相思树，美风姿，它在晚风中轻轻地摇，母亲从那下面走过来了。院中走道的两旁，妈妈常常添些新的花草，早晨和日暮，她都要为它们服务一番，她借此劳动和思想，那也算是她的一片心园吧！

我出来就喊了一声："妈！"我的喊声挺怪的。和妈妈一天半天的分离，不是没有过，但是这一次我对妈妈有一种奇特的情感，我内心总有些歉疚，于是我的声音也就不同了，妈妈是听不出的。

"啊，云儿你什么时候到家的？"

我过去挨近妈妈的身边，她比我矮多了，人家说，人种进步了，一代比一代高。但在这以前，我没有这种感觉，是今天，我才觉得我长大了，还是年龄使妈妈退步了呢？因为也有人说，老了，个子就会萎缩下来，像开过的花儿一样。

“我是五点多到的，我去，正好李新到台北来了。”

“是吗？他怎么也不到家里来？你走后，我还想起一罐霉豆子忘记带去给美惠了。”

啊！我放心了！我不必再担心要怎么自圆其说了。

我搂着妈妈的腰，和她一道进屋来。

“拉琪呢！”我喃喃地念着。

“不要紧，它会从篱笆底下的沟眼钻进来。”妈说。

十四

我像赶集一样，早上先到打字学校去报了名，定了学习的时间。他们一听说是敏姨介绍的，非常优待我，允许我时间有伸缩性，并且给我一台最新型的打字机学习，它小巧、灵活、美观。我想，学习起来也一定使人心情愉快的。记得妈妈有一年去学洋裁，她们给新进人员那架沉重的缝衣机，缝出来的衣服，线都搅在一起，妈妈回来一边拆一边剪，气歪了！

我又去买了一束打字纸，回家来取了晶晶的作业，就赶往梁家去。

走过了大桥，我才发现拉琪摇着尾巴跟着我呢！

“回去！”我转身停住喝它。

它斜头眨眨狗眼儿，并不动弹。

我又跺了跺脚喝它：“回去！听见没有？”

但有小孩子围过来看热闹了，我觉得太惹人注目，便只好放弃赶它，随它跟随着好了。

我心想：拉琪真可恶，昨天跟思敬跑，叫它“回来”，它不回来，今天跟我跑，叫它“回去”，它又不回去了！也难怪，我这些时很少亲热它，所以它有机会就粘住我不放了。它也像我一样，跑野了心了。急着学习打字，就是为要收敛收敛自己。

到了梁家，我总算喝住它了，叫它留在大红门外等着。梁家没有养狗，一定不喜欢这些，而且它乱扑乱跳，晶晶也许会害怕。

晶晶正在玩弄我昨晚给她带来的通草纸，她用水彩颜色在上面画，很专心而有趣的样子。

梁太太过来了，她慈爱地责备晶晶对我说：

“叫她等考试完了再玩，她偏不，昨晚你拿来，画到现在不歇手。”

晶晶娇憨地笑了，我也只好说：“早知道不买给你了。”

“在什么地方买的？爱画下次给她多买点。”妈妈问。

“从新竹买来的呢！”

“啊！你到新竹去了吗？”妈妈微笑地问。

“是的，去找同学玩。”我无所谓地回答。一面半强迫地帮晶晶收拾起画笔颜料等物，开始我们的功课。梁太太把晶晶的这些东西拿走，并且说：

“晶晶和爸爸一样，喜欢乱画。”

“梁先生也画吗？真想不到。”我应答着，想起那改了行的穷画家来了。一念之差，可以影响一个人的一辈子，他改了行，娶了老板的女儿，生活完全改观了。有些时候，人生真是奇怪！

“现在不画喽！”梁太太得意地说，“要画嘛，就应当画些中国山水画多好，弄那些油彩，疙里疙瘩，不知什么东西，我不要他画，我看不得那些画。”

但不知这是哪年的事，她命令他放下画笔的？

梁太太去了，晶晶这时也静下心来准备功课。我对晶晶说：

“打算考上你志愿的学校，我们一时一刻都不能放松时间啊！”

“妈妈说，考完了第二天就请我们到乌来去玩，有表姐家的人，还有老师你。”晶晶说。

“好的，我愿意陪你们去。以后你上中学了，我们见面的机会就少了。”

“你还可以来教我嘛！”

“你是中学生了，我教不了你啦！”我笑着说。

“哪里，”晶晶不好意思地笑了，“那你到哪里去呢？”

“我呀，也许学学打字，找个打字的工作。”我说着，也不胜依依，忽然觉得渺茫得很。记得在中学作文时，喜欢运用抒情的词藻，常常糊里糊涂地写些“渺茫”或“惆怅”的字眼儿，如今我才真正感觉那渺茫的滋味儿了，原来是真的这样不好受。

忽然，阿兰在院子里“哎哟”地喊了一声，跟着是“汪汪”几声狗叫，我连忙向窗外探视，没看见什么，狗又叫了，我才想起莫非是拉琪？赶紧跑了出去，果然是！这可恶的东西，不知从哪儿钻进来的。

我连忙喊：“拉琪！”它飞快地奔到我这里来。

阿兰手上拿着畚箕，大门开着，一定是阿兰去倒垃圾，拉琪就跟进来了。

我说：“别害怕，阿兰，它是我家的小狗。”

这时梁太太也由侧面的屋子出来了，她走到这边来，看见我手中抱着拉琪，她“咦”了一声。我觉得很不好意思，小狗吵闹了她们，人家一定很讨厌的。我又向梁太太说了一遍：

“是我家的小狗，它非要跟我来。”

“哦，是你家的狗呀！没关系，我以为是外面的野狗呢？”

拉琪被我抱在怀中，老实了，真讨厌！我手摸抚着它，是怕它乱叫，实在我现在真是讨厌它极了。

梁太太笑笑说：“它一定是常在外面乱跑吧？”

“不，除非是家里的人，或者顶熟的客人，它才跟出来。不然，它是不会跑出我家巷口的。”

晶晶也出来了，她用铅笔逗着我怀中的小狗，拉琪嘴叼着铅笔的样子很可笑，晶晶笑了：

“多好玩！”然后又转向妈妈，“妈，为什么我们不养条小狗？”

“好呀！”梁太太慈爱地说，“你喜欢，以后弄一条来。黑狗很少有吧？它黑得真漂亮。”她又转向我说。

“是的，黑得这么漂亮的小狗是不容易看见的。您看，它的毛，软缎一样！”我也得意起来了。

我抱着拉琪，毫无办法，因为我如果放下来，它会在院子里乱跑乱跳，那么，我怎么办呢？

我对晶晶说：“晶晶，去做你的功课。”

晶晶从拉琪嘴里抽出了铅笔，进屋里去了。我便又把拉琪送到街门外去，赶快转身关上了街门。

我回到屋里来，梁太太又在屋里了。晶晶还在磨她的妈妈，要买一条狗。

妈妈笑说：“好好，等考试完再说。”

我也对晶晶说：“你今天的要求不少，反正一切的一切，都要等到考试以后。”

我督促她背了几题算术应用题的原则，直排种树，四边种树，圆圈种树，连我都快讲糊涂了。

时光已经到了中午，厨房里传来阿兰烧菜的香味。我想起了约会。我们的功课也差不多了。

阿兰把炒菜勺打着锅底当当地响，晶晶笑着说："有一天，我家请客是叫的菜，饭馆的大师傅炒完一个菜就这样打，阿兰也学会了。"

"那样听起来，会使人觉得那个菜一定是非常好吃。"

"真的吗？那么今天你就在我家吃午饭。"

"不！"我连忙说，"我是说着玩儿的。"

"妈！"晶晶不顾我的答话，"爸爸怎么还不回来？"

梁太太正在客厅的沙发上半躺着，拿一块薄荷锭在她的头额上来回搽着，这种情形像妈妈一样，妈妈是虎标万金油的老顾客，她们都是头痛专家！

"你爸今天不回来吃饭。"梁太太无聊地回答。

晶晶很高兴地说："看，爸爸不回家吃饭，你就在这里吃吧！"

"不！"我依旧这样说，"我一定要把讨厌的拉琪带回去。"

晶晶很失望，她撒娇地撅着嘴、摇着身体："哪——不来的啦！今天什么都不答应我！"晶晶真可爱。

我走出来，经过客厅，梁太太正吸着一枝烟，在发呆。她很少吸烟，今天怎么透着这么无聊。

天气很热，我又没带伞，太阳的位置好像很低很低的，压榨着我。这样气闷的天气，下午非得闷出一场暴雨不可。

雪楼的情调最好，思敬和我都喜欢这里，它是从一家委托行的旁楼上去。他在靠窗的沙发座上等着我呢！别的座位也有些客人，但是靠两面墙的都是高背的火车座，各归各，也比较暗，就谁也不注意谁了，反而是靠窗的三张桌子在明亮处。

高大的玻璃窗，可以清楚地看到楼下的街道，我坐下来，就探身向窗外看看。他说：

“我看见你从对面街上走过来。”

“看行人是很有趣的。”

“看着你身后的肥裙张开，那过街来移动的姿势很有趣。使我想起小时候，把一种棕制的人型放在铜盘子上，用小棍敲打盘子沿，小人型就在盘中移动了。”

“就像我过街时的样子？”我笑笑。

“它不过使我联想起幼年罢了。”

他还很少很少跟我谈起幼年呢！就是幼年以后的事情，我又知道多少？

茶房过来了，我们要了些简单的菜，这优美的环境，不是引人想饕餮一顿，像阿兰大敲锅底的那种，而是宜于安静地随便吃着、低语着的那种情调。

所以他很高兴，他说：

“昨天回家，一切都很好吧？”

一切，不知包括什么？但是我仍然回答他说：“一切都很好。”的确一切都很好。

"你家拉琪昨天一直跟到我家来……"

"跟到你家去?"我禁不住哑着嗓子惊喊了。

"你觉得奇怪吗?"

"你再说下去。"

"它在院子里玩了好一会儿。"

"晶晶喜欢它吗?"我已经不自然了。

"晶晶那时还没下课。"

"那么——你自己跟它玩了一会儿?"

"是的,"他奇怪地看了我一眼,"它见了晶晶的妈妈就汪汪叫,她本来就不喜欢猫啦狗啦,它还偏咬她。"他好笑地说。

我放下了筷子,因为所有的菜,忽然变得没有味道,优美的气氛消失了。我不能不探问:"你说了是我家的狗吗?"

他摇摇头。

"那你说是哪儿来的呢?"

"我什么也没说,我为什么要说?也没有人问呀!"

"后来呢?"

"后来玩够了,我就说,拉琪,回去吧!谁又知道我说的是回哪儿去!"他还得意呢,像个孩子似的。

我想到刚才我走出客厅时,她吸着烟的神情,也想到她乍看见我手中抱着拉琪的惊奇,以及她那么不动声色地打听拉琪的情形。她真沉得住气，难怪人家说她是一个很厉害、很有办法的女人。但是我要不要讲一讲今天的情形给他知道呢？算了吧，不要打破我们这时的气氛，虽然其中的一半已经是被击破了，但我还是举起了筷子，茫然地向盘中伸去。

“你好像又不太舒服了？”

“还好嘛！”我勉强地笑应着。

我也许用不着这么多虑，只当我一无所知不就完了吗？而且，我深深地想到了，我和他的情形，终有一天会暴露在众人之前，只是迟早的问题，无论是我的妈妈这方面，或者是晶晶的妈妈那方面。我对于来日毫无准备，他也还没跟我谈起，我们是不是应当谈些什么呢？

屋里暗下来了，那是因为天已经阴了。茶房把桌子收拾好，玻璃砖桌面下压着菜价表，我就斜着头看，因为那是向着另一方面的，其实那上面是什么字，我根本是视若无睹。

“还要点菜呀？”他笑问我，直看着我的脸。

“我不过随便看看。”我无聊地回答，然后仰靠在沙发背上发呆。我不是怕什么，而且觉得心情有了负担了，沉重得很，所以我不想说话。腕上套着一根橡皮圈，我拿下来拉着，想把它拉断，等一撒手弹回来，打得手指好痛。

“在想什么？”

“嗯？”我茫然地看着窗外，“我在想，会不会有一场暴雨。”

是的，说着大雨点就斜打到广大的玻璃窗来，但只几点儿，就停了。我索兴斜过身子靠着玻璃窗看行人，人们正匆忙赶路。我为打破寂寞，别让他看出我的不自然，便笑说：

“你看，下面的行人，好像是你加紧敲那铜盘子沿，所以他们移动得那么快！”

“是吗？”他也凑近窗口看。

雨又落了，这一次是紧锣密鼓般地下了，行人在跑，有的过街来，有的过街去，形成一幅很有趣的画面，如果拍摄，或是素描下来多好。我曾看过一幅油画，记忆很深，题名是《雨街》，黄昏而落雨的街道，有路灯照着，人在雨中都成了细长条，画者涂的是更浓的黄和黑两色。现在我眼中所见到的雨景则是灰白上有各色的点子，这大概是我从上面看下去，宽大的柏油路面做了背景的关系。绘画是一件很有趣的工作，为什么他要放弃它呢？

因此我想起了《珍妮的画像》。

“《珍妮的画像》，你看过没有？”我忽然问。

“你说的是一部电影，还是一本书，或者一幅画？”他玩笑地问。

“是一部电影，也是一本书，或者一幅画。”

“那么，我都没看过。你真容易想起这个那个的。”

我笑笑，的确是。

“像你那天讲的，一个人看鸽子的事，我到现在还不明白是怎么回事。”

“鸽子？噢!”难得他还记得,“那是不相干的,我想到哪儿就说到哪儿。”

“那么这幅画,或者这部电影——哦,我也想起来了,是不是讲一个穷画家和一个来去无踪的女孩子的故事,我想起我看过这个电影。怎么使你想起了它?

“我很喜欢那个情调。”

“它和我们现在有什么关系吗？一定你又想到什么了?”他拉起我的手,紧握着。

我看大雨落下,没有答复他。他玩弄着我的手指。如果他是一个住在阁楼上的穷画家,而不是一个工商管理者,我们的情形又是多么的不同。阁楼上的光线是仰仗屋顶那排天窗的磨光玻璃透射进来的,那飘然而来的珍妮,出现在阁楼上了,他们同倚在窗边,看白色的鸽子飞过蔚蓝的天空。也许她又黯然隐去,不留痕迹。那个情调比在雪楼看雨街美多了。但那既不是过去的事,也不是未来的事,就像珍妮一样,时间是模糊的。

我回到现实中来,真是不胜惆怅。我们是生活在最现实的环境里,因为他不肯做画家,所以许多事都变得不同了。

“云!”他摇着我的手。

我只顾呆望着窗外的大雨,很想跑向雨中去,我是与众不同的,我不愿意躲雨。他懂得我对于《珍妮的画像》的感触与联想吗?

也许他知道我的沉默是为着些什么的,所以他低声说:

“云,记得我们在台中的共同的愿望吗?”

共同的愿望?是的,虹山后园的凤凰木,给我惜别的情绪,那是一生中仅有的一天,可不是吗?每个过去的一天,都不能再来的。

“我在打算着,我们一定要达到那个愿望。”

广大的玻璃窗被雨花溅满,景色都模糊了。

十五

我确实是多虑的,晶晶的妈妈并没有因为拉琪的出现而表示过什么,她对我仍是一如往日的亲切和关心。就像她一向的交际手腕一样,无论她在电话里,在和朋友的交谈中,都是分寸必守。我从没有看她给过人难堪,这是她一贯的作风。而且一只小狗,又算得了什么,哪里值得她挂在心上。狗的两次出现,不过是巧合,她不至于那么小气地把它们联想在一起吧?

一个月来,我上午学习打字,下午给晶晶补习,晚上又念念英文,时间排满了,因此和思敬也比较少见面,但是我们仍热爱着,我想克制自己,很不可能,他也一样。

将来,是一个模糊的远景,虽然他说过,他一定要达到那个共同的愿望。但这是他说的，并不是我的提议。他既然近来没有再度提起，我又何必追问他，因为明知那是一件困难的事。

我的燃烧的蜡烛，去了一大截了，烛芯太长，光常摇晃不定，有时就得剪一剪，就像我近来的身心，都感觉疲惫起来。我疑心每天的工作多了些，毕竟我不能和完全健康的人比吧！心也时时被莫名的不安所充塞，也许心与力是交关的，力疲，心就乏，所谓心力交瘁，就是这个现象吧！我要不要到防治中心再去检查一次呢？虽然现在不是我例行检查的时期。但是生理的另一种现象，也很使我奇怪而不安。

晶晶的功课，也是使我费尽心力的一项工作，好容易她昨天考试过了，我们都松下了心。

晶晶的妈妈履行她的约言，考试一完，就带晶晶和一些亲友到乌来做一次安慰的旅行。今天，是个好天气，但是我躺在床上硬是瘫软着，起不来。

妈妈来催我了：

“云儿，还不起吗？几点啦！你别忘记和你的小朋友去旅行吧？别让人家等你。”

我赶快地从床上爬起来，眼前有一刹那的昏黑。我支持住了。这大概是起猛了，而且我躺在这里想了这么多呀！

这是第一次，我没有对妈妈撒谎，是真正的和晶晶一家人出游。晶晶的妈妈说，什么也不用带，野餐等等都由她一个人来准备。但是妈妈竟烧了一大锅牛肉干要我带去。

“妈，你真小气死了，我带一锅牛肉算怎么回事，人家根本不注意这些。”

我的语气显得急躁了些，我很后悔，但已经说出口，还能收回来吗？为什么我近来的脾气总是带着火气，难道真的我在下意识中是为着某些事情不安？妈妈只好把锅子端回厨房去，我老大的不忍。我又要出去一整天了，林教授，他为什么不肯常常的来呢？

我提了较大的手提袋，穿上浅绿色的碎花纱衣裙。思敬说过，纱的衣服，有一种飘然的感觉，尤其是裙子。

“妈，”我追到厨房去，“我去了。”

妈在洗脸，她正把手巾蒙在脸上，我看不见她的表情，会不会为了那锅牛肉不痛快。

我们乘的是一辆旅行汽车，前后四排坐了五个大人和三个孩子，虽然这是一次慰劳孩子们的旅行。两对夫妇是晶晶的父母和晶晶表姐表弟的父母，还有一个我。

汽车经过景美镇，便开始驶向坎坷的山路。夏之碧潭，丢眼而逝。从蜿蜒的山道向下看，一条新店溪尽落眼底。我们进入乌来乡了，置身在郁郁苍苍的万峦中，孩子们久久埋首在课本中的眼睛，这才算换了个目标，绿色使他们觉得新奇，所以都屏息无言地向着车窗外。大人们大概也被上山的颠簸弄得懒得说话了，车里没有声音。

我猛回头，是要看后车窗外的尘土飞扬，但是和他的目光接触了，他向我微笑了一下，仿佛有什么高兴的事，我赶快躲避开他，这时我被颠簸得想呕吐了。我想向太太们要一些怀中法宝薄荷锭什么的，但是没有好意思开口，别显得只有我一个人这么泄气。

于是我转向孩子们，说话打打岔也许会好些，我对晶晶他们说，乌来是高山族语“温泉”的译音。传说是泰耶鲁族的祖先，有一次从他原来住的大霸尖山到乌来打猎。他看见这里的土地肥沃，南势溪流域里游着成群的鱼儿，所以他心里就想：这一定是一个耕作的好地方，便回到大霸尖山，率领着他的部下和家人移居到这块新地方来。他们管这里叫“温泉”——乌来！

这是有一年旅行到这里来时，一位台湾老师讲给我听的，我把它翻了版。孩子们听得很有趣。我可是很难过，汽油的味道一直是我的敌人，我伏在车窗沿上，闭了一下眼睛。

“你怎么了？”晶晶关心地问我。

“我嘛！”我挣扎地睁开眼，惨笑着，“我在想高山族打猎的生活真有趣，是不是？”

“是的。”晶晶亲密地挨近我，我伸手摸着她的肩膀，她近来也瘦多了。我想提考试的事；但是，算了，她会很担心的，今天既是快乐的旅行，就应当把昨天的事暂时忘掉。

在万峦中穿来转去，仿佛转进儿童周刊上的迷途画中了。但忽然眼界豁开，前面是铁索桥，我们停在桥的这边。

南势溪把乌来分成两半，是靠这座铁索桥的交通，游客才深入山地，洗温泉，听瀑布，看跳舞。

差不多两小时汽车的颠簸，还没进山，已经尘埃满身头昏脑胀了，平日我不是这样的。

过了铁索桥，便是一个小小的市面，我们一直向后面走去，到了乘坐台车的地方。

台车很进步了，有了藤椅的座位，但是我知道，坐在上面会使我又一阵昏晕，因为铁轮磨擦铁轨的声音，很难忍受，我希望能行走下面的土路，但是不便开口，孩子们已经抢着上去了。

这里只有一辆台车，被思敬带着三个孩子坐上了，还得等待没有放回来的车辆。晶晶的妈妈说："算了，不要等了，我们走了去。"

"好。"我首先赞成，因为这正合我的意思。

于是我们四个人就步行下去了。这里是要到瀑布去的路，它好像就是乌来的尽头，狭窄的山谷，阴郁而无阳光。

我们漫步着，坐台车的人大概早到了。我原是和晶晶的表舅边走边谈的，他问了我一些关于考试的事情。渐渐的，变得我和梁太太一排走了，她感慨地说：

"孩子们考完了，我也松下一颗心来。"

"是的，晶晶大概没问题，她考得还不错。"

“那，都要谢谢你年来的辛苦。”

“哪里。”我不知道怎么回答好。

“你为了晶晶也瘦多了。”

“我原来就是个细长条！”我握握我自己的胳臂说。

“我应当好好儿地谢谢你。妈妈好吧？”她这突如其来的一问，不能不使人惊奇，她很少问到妈妈的。

“好，谢谢你。”

“她还在什么——是什么地方教书吗？”

“是在学校里做职员。”

“那也很辛苦的，要天天上班。”

“对了，职员不比教员，几乎没有暑假。”

为什么问得这样多？这样地关切？真令人不安；但是她是很自然的，也许这只是闲谈而已。

“你呢？怎么打算？——听说你在学打字。”

“是的，没有什么可做的。”

“没关系，学好了打字，我们公司也可以多用个打字员儿的。”

打字员儿，员儿员儿的，她是多么骄傲呀！但她要把我介绍到他的公司里去吗？那可见她还不知道什么。唉！究竟我们会怎么样呢！好在今后我和他每天见面的机会已经没有了，让它慢慢地演变吧！

山谷里忽然响起隆隆的声音，我们都停住了脚步，表舅说：“瀑布的声音。”

啊，是的，昨天下过雨，山水湍急，今天的瀑布一定“壮观”，听这声音就知道了。

梁太太没有再跟我谈下去，我们已经到了终点站。孩子们和他也已经在瀑布前的茶馆里占据了一张桌子。

两藤箱的野餐展开了，丰富的食品，使我想起了家里那锅小气的牛肉，幸亏没有带来。

“在茶馆里看瀑布，是一种愚蠢的看法。”表舅这样说。他是个风趣、朗爽、幽默的人物，如果没有他们这一家来，就不知要多么的无趣了。

孩子们每人拿着些零食跑出去，表舅也站起身，梁太太竟也说：

“你们都去罢，我和表舅母在这里给你们弄吃的，我们是老太婆，懒得下去看，是不是？”她最后对着表舅母说。

这样说，我和他就追上表舅，也到下面去看瀑布了。

瀑布的声音，在没有接近它时，听来真像是暴风雨前的雷鸣。走近它，展布在眼前的这条万流狂奔的瀑布，像一条巨大的水帘从峭壁垂下。那声音正像百雷齐鸣，震撼全谷。

抬头看上去，四围是千古不变的山姿，郁郁苍苍，巨岩怪石，在这深谷里，会使人生出超尘的感觉。仰望苍穹，不禁会向大自然发问，这千古不停的流水，究竟是从何处来？向何处去？这一切的归宿又在哪里？从四十丈高峭壁流下的水势，冲打着岩石，激出雪白的泡沫和浪花，然后狂奔向下游去。如果我们不幸失足落水，卷入狂奔逐流里……

脚底下是高低不平的怪石，我注视流水太久，头微微有点晕，便就近坐在一块石头上。每个听瀑布的游客，都被这震撼山谷的声音慑住了，没有一个人说笑，都直着眼睛，他们的心里一定也像我一样地痴念着什么吧！

他本是和表舅站在一起看瀑布的，这时迈过几块怪石走向我这边来了，他面向瀑布站住，我几乎是坐在他的身后，只能看见他的侧影。

“云！”他并没有看我。

“嗯。”

“我被调到日本了！”他仍然没有转回头，仿佛是在向瀑布报告。

这消息是令人吃惊的，它像瀑布的狂奔声一样地撼震了我的心。我一时没说话，脑中忽然空了，不知在想什么。但过了一刹那，我还是说了：

“你在这时告诉我这个消息，不怕我听了失足掉进水里吗？”

“云，”他突然转过身来，坐在我对面的石头上，探身面向着我，略显紧张而兴奋地说，“我是为了要达到我们那个共同的愿望而这样做的。——云，我是要你也去。”

“哦——”这才真是可惊的事，他从来就没有跟我谈过有这样一个计划。

“为什么不说话了？”

“太突然了！”我说实在话。

这时晶晶过来了，她采了一把叶儿草儿的，当做宝贝般地交给我，又跑走了。

我们彼此沉默了一下，还是我问了：

“是你被公司调派才联想到这个计划的，还是为了这个计划才要求被调的？”

“我思索了很久的计划。”

“我从来没听你说过。”

“云，不满意我的安排吗？我多么渴望……”

“我一时不能想，它是不是很妥当。”

“我们将再详细地谈谈，但你会很喜欢去看一看曾是我们的敌人的这个国家，并且居住下来。”

“是的，我当然很愿意跟你去看望晶晶的生母。”我不知道我怎么会这样大胆地讲出这句话来。

他奇异地望着我。我闭住了嘴，随他看。他大概非常惊奇我怎么能知道他的这一段往事，但他立刻恢复了原状，并没有探问我一句话，而说：

“不过——她已经死了！”

死了？这回是我惊奇了！但这个答话已承认我所冲口而出的话是不错了，但也只对了一半。我怎么知道她已经死了呢？他要调到日本是为了我，并不是为那死去的人，我又何必怀着莫名的妒意，我抱歉地接了他的话说：

“那我就陪你去看她的墓。”

“我还不知道她的墓在哪里呢，”他痛苦地惨笑着，“云，有一天我会详细跟你谈这段往事，但不是现在，你答应我吧？”

我没答复他，也就等于默允了，我知道我们会渐渐谈到一切的，因为我们的关系已经这样密切了。

我们俩同时站起来，向上面走去，因为表舅、孩子们都上去了，我们当然也要跟随着。

他搀扶每个孩子迈过岩石，最后轮到我，他在拉我的手时说：

“我本是预备明天找你谈的，但今天就忍不住先说了。”

“那么她知道吗？”他明白我指的是谁。

“当然知道，而且——嗯，我是先跟她商量的，”他说着瞥了我一眼，“商量说由我来承担公司这份工作。”

“但你说过她不喜欢日本的。”

“可是我并没有说她也去，她当然愿意留在围绕着亲友的环境里。”

“她怎么肯让你去呢?”

“前途。”

他说了这简单的两个字答语,我也可以明了一切,她是以安排他的事业的前途为乐趣的。

已经到了茶馆了。大家围着两张桌子午餐,每个人的食欲都加倍地增强,只有我,恹恹的,怕闻到那罐头沙丁鱼、葱油饼的味道,我只拣了一块三明治,是梁太太的拿手,她说这是中国式的,里面夹的是一条酸黄瓜、一片摊蛋和一撮肉松。

乍听见他调到日本去的不安的心情,这时好多了,但我仍说不出我对它是兴奋还是恐惧。我也很想向他说一件我所疑虑的事,还是算了,当它还未被确定以前,何必多给他一个刺激。现在最主要的,是我要先把到日本的事详细地了解一下,那要等到明天了。

她们都问我为什么吃得这样少,我推说是太颠簸的行程倒了我的胃口。

走向归程,这次大家都不乘台车了。当经过歌舞台的时候,满脸刺青的山地女跳舞家向我们推荐她们的歌舞,但这时山谷更阴浓了,山雨欲来的形势,使我们不能久留,便拒绝了女跳舞家的邀请。她们失望地回到她们的戏篷里去,三两个女孩子正跳给自己看,唱给自己听,生意很清淡呢!

回到家里，我来不及地奔向床上去，躺下来。妈妈过来了，说：

“看你，这样泄气，逛了一趟乌来，像打了一场败仗似的。”

“难过死了！”我咽口唾沫，虽然很渴，但不敢喝水，我的胃像是保存不住流质，总在往上冒酸水。

“为什么难过？不舒服了吗？”妈妈过来摸我的头。

“不，不是，是累的。”我不注意说错了话，赶紧改变语气翻个身，爬伏着，让一只枕头顶住我的胸部，这样还舒服些。妈妈帮我脱下鞋子，我就赖在床上了。闭上眼睛假装睡觉，实在是禁不住要把他所告诉我的计划，仔细地琢磨一番，虽然还要到明天，才能知道它的全部。

思虑是很累人的。我以为会在漫想中渐渐睡去，但是反而越来越清醒了，因此又觉得思敬真不应当在今天告诉我这样一个开头的消息。

我把闭了很久的眼皮张开来看，天快黑了。妈妈这时也进来，看我醒着，她便说：

“起来吃饭，洗澡，换了衣服再睡。”

“吃，我倒是在乌来就吃得很饱了，”我瞎说，“您自己吃吧，我再躺一会就去洗澡。”

妈没有疑心什么，就返身到外屋，自己在窸窸窣窣地吃了。

我不禁想，不知思敬的计划是怎么个计划？他要我也到日本去，无疑是我们要在那里共同生活下去，但是妈妈呢，他有否想到我的妈妈？想到我和妈妈是不能这样容易分离的。我如果有一个好的归宿——妈妈曾在给林教授的信中表示过，那时她才能放心地和我分离。

但这是我的归宿吗？算个什么归宿呢？一个跑到异国的女孩子，只为了追踪她所爱的男人，她没有名分，也不要名分，像当年她的妈妈一样，啊！我和妈妈流着同样的私奔的血。

这样说来，也许妈妈不至于反对我的行为，因为她曾是这样的女人——她的女儿也和她一样，是充满了罗曼蒂克意味的女人！

这样想着，我的恐惧的意念中又含了不少甜蜜的成分。如果妈妈反对我，我会很镇定地说：

“妈，你忘记了吗？您和爸爸的结合，意味着爱情的真正的价值。妈，别为我担忧那么多，我已经长大了，把我交给他照管。您走您的幸福之路，我一直这么衷心地盼望着……”

但这是我心里的话，如果真叫我有条有理地说出口，能行吗？不过无论如何，我的的确确是面临着一个即将变化的事实了。

我爬起床，人好像好了些。我站到窗前看看，外面的地上是湿的，原来下了小雨，早上出门时还是个好天气，大自然的变化是无法预料的，一切未来的事都难料。我拿了浴巾走到外屋，妈妈已经吃饱了，在看晚报，戴起老花镜，就着灯光，她真要老了吗？

十六

曼莉并不太有情趣，它只是清洁和亲切而已。但是因为它是我和思敬第一次订交的地方，所以坐在这里，心情就格外不同。

我用吸管吸着一杯冰可可，他问我一清早怎么就拿冰凉的东西做点心，这很不合中国人的热食习惯。他哪里知道我近来胃如火烧，只有拿冰可以镇压它，我几乎整天在吃冰，奇怪的是这样并没有使我闹肚子或得胃肠症。

我一口气吸了大半杯下去以后，才对他说：

“我也不知道为什么，胃口忽然变得这样了。”

如果他起了疑心再追问下去，我可能会对他讲，我的生理或许已经起了变化。但是他并没有注意这些。

他专心在研究去日本的事，不过他倒是说：

“你近来似乎更瘦弱了，到日本去，那里有几处名胜的地方可以住一住休养的，像热海什么的。”

“热海，我知道。”我想起了一本书。

“你怎么知道呢?”

“那里的气候比东京暖些，有一片梅林，到了正月过，梅花怒放。那里还有翠绿的松杉，晴丽的天空，梦幻般的海滨……”

“好像你去过一样，哪里听来的？你的爸爸或妈妈去过吗?”

我摇摇头。我对于日本一无所知，只记得日本人来了，我和姥姥的生活无法维持，才把北平那所四合院宅子的南屋和厢房陆续出租的。还有么，就是妈妈和爸爸是借着日本人来的时机，到重庆去的。

“那么为什么特别对于热海这样熟知呢?”他仍是追问着。

“不过是一本小说的场面罢了!”我笑了，“热海的景色，是在《金色夜叉》中读到的，那里正是女主角宫养病的地方，也是她和男主角贯一别离的地方。”

“我也读过这本小说，那是明治时代的日本爱情悲剧。不过，热海确是休养的好地方，无论冬日或夏日。”

我幻想着在那梦幻般的海滨，白天是艳阳当空，晚上是娟丽的月亮照着缥渺而无际的海，形成了微白的颜色，水浪打着海滩，缓慢而慵懒，那是多么让人沉醉的月夜。我就会到梦幻般的那个地方去吗?没有亲族，没有朋友，只有一个认识不到一年的男人陪伴在身边?那真是不可想象的。也许，我会在那海滨生下了我的梦之婴儿?想到这儿，我的心扑扑地跳着，有些事情，我几乎要脱口而出了，但还是留到日本再说吧。所以我答复他说：

“我会很喜欢那地方，因为它首先在我心目中，已经有了极富浪漫色彩的印象了。”

“我是在月底以前就要赶去的。”他严肃地对我说。

“那么，别离就在眼前了。”

“短期的别离，可以增加我们再见面时的愉快。”他深情地望着我。

“但是我怎样去和你再见面呢？”

“正是要谈这个问题。但——先说另一件事，你的妈妈。”

“妈妈。是的。”我抬起头，咬住我的大拇指。那是这件事的关键。

“她对于我们，可能谅解吗？”

“我也不知道。”

“我很想见她一面谈谈，还是你先对她谈？”

“让我想一想。”我昨天已经想了一夜了，只觉得难于启齿。但那也是非说不可的了，只是时间的迟早。

“你走后，她会很寂寞，因为她只有你一个女儿，我不知道，嗯——我感觉到困难的就是在这里。”

“那倒不要紧，或许妈妈也有她自己的打算。”我这样替妈妈下断语。

他不懂我这话的意义何在，但也没有再问下去，“那就很好。”他停了一会儿又说，“我到那里就准备一切，然后写信告诉你怎么做，出境对于你不会太困难的，也许不到两个月，你就来了。”

“去哪儿？热海？”

他沉默不语，拉起我的手，摸抚着。

“云。”他又轻轻叫我。

“嗯？”

“我很激动。”

“为什么？”

“为了——为了许多年来，我已经忘记这个躯壳之中，还有一个真我的存在。但是遇见了你，我，忽然又跳了出来，所以激动得很。”

“但在我，却常常觉得是个梦，不是真的，总像我在追求那个梦。”

“别这么说，我们要快乐地度过——”

“度过我们所能得到的日子。”我抢着说。真的，它是架在热海上的糖做的房子，虽甜蜜，却会融化消失。

“不要说这些。”

我们继续谈了一些步骤，他要我准备一些证明文件，以备申请出境时用。我也告诉他说，等他到日本一切都准备就绪，我再和妈妈谈。我私下在想，在这短短的时期里，我还要为妈妈设想一些问题。

我不是小孩子了，我一天天地长大了。

这时看看表，离我打字的时间已经过了半小时，我要赶紧去。而且他也说，此后一天天地忙碌起来，因为公事要加紧处理，为出国，头绪也很乱。

我到打字学校去。今天的手也不灵活了，它时停时打，心不在焉。热海的景色总在我脑子里打滚儿，在我的生命之帆上，那又是一个新的旅程了。

可厌的是指导打字的先生，偏偏今天总在旁边指出我的错误。

匆匆忙忙地打完了字，我便收拾起纸张和书本，拿起遮阳伞走出学校向路底走去。

我茫无目的，不知不觉地走上了水源路。堤岸底下的许多人家正在午炊，再向前走，萤桥游泳场到了。正午的时间，游泳的人还不算太多，泳客经过一架桥到一片浮洲上去，听说晚上这里有人在唱歌。水被中午的骄阳照射得白茫茫的、懒洋洋的，连我也不由驻足略停懒得走了。

好像没有多久以前的事似的，我第一次和他在这一带散步，是个四月的月夜，轻妙的流水的声音，拍击着我的初恋的心，它一步步地逼紧着我，不顾一切而到了今天。

今天！今天开始面临到现实的问题了，它要一样样来解决，而不是一次可以解决的。比如我能到日本的问题解决了，妈妈的允诺解决了，跟着，不知道什么时候，总还有一场最重要的较量是我和晶晶的妈妈之间的。我不可能永远和他待在异国，晶晶的妈妈也不可能永远不知道，而且永远缄默的。

一步一步地走下去，是的，总得走，不管事情怎样演变。自从听了他到日本去的事以后，心情为什么这样不安定？我的临事恐惧的心情又敏感地发作了，我又得要以最大的勇气冲破它。

我继续走，到川端桥的这一带时又停住了。因为前面——阳光照耀下，使我看不清，但那两个人中的一个是妈妈，另一个并肩走着的是？啊，是她！夏文芳。

她们也看见我了，我们互相地走近来。

见了她——同父异母的姐姐，我们一向是彼此不大理会的，如果我和她招呼，那一定是我和母亲在一道，母亲总是和她应酬应酬，我就不能不顺便点点头。我难得讨厌什么人，但是我讨厌她，这我不要解释，她就是使我产生这么样的心情就是了。

但今天她竟向我亲切地招呼了：

“晓云妹，好久不见了。”

我掀动了一下嘴唇。

“妈妈说你去学打字呀？”

“嗯。”

“身体好吧？气色挺好嘛！就是瘦了点儿。”

我点点头轻轻说声“再见”，想先回去，一定是她来我们家，妈妈送她出来，就同走了一段路，因为妈妈穿着家居的衣服，手里也没拿东西。

夏文芳这时也对妈妈说：

“那你也请回吧，改天再谈。”

说着,她和妈妈又嘀咕两句什么,就和我们扬手道别,独自走去了。

这时我当然得等着妈妈几步,她走过来,我们并肩向回家的路上走。沉默了一会儿,我不由得发问了:

“她今天又是哪阵邪风吹来的?”

“她是来商量给你爸爸做忌事的。”妈妈回答我,脸色沉郁,也许提到爸,使她不舒服。是的,就要到爸爸的七周年忌日了。但是我还是生气地说:

“她向来也没跟您商量过呀!今天怎么这么和气!”

“她也是好意。”妈这么说了后,又看看我手中的东西说,“有没有带钱?”

“有。”我举起了小钱夹。

“那我们随便买点儿什么回去吧,我今天没买菜。”

“也没有上班?”我奇怪地问。

“是嘛!本来就起晚了,夏文芳又来了,说话说到这时候。”

我们一起到店里买些食品,我和妈妈各人手里提着大包小包的。

妈妈一路都不说话,无精打采地尽管低头走路,她前两天原就有些伤风,精神不振,昨天本已经好了的,一定是今天夏文芳拿爸爸的死刺激着妈妈,使她心不安宁。

走进巷口时,妈妈说:

“夏文芳和你教书的梁家也认识，她说。”

“啊——是的，我也知道。”

“你知道？我好像没听你说过。”

我冷笑了一下，“那有什么可说的！”想起梁太太曾那样不屑地问我和沈克康是什么亲属，以及谈到妈妈时的类似怜悯的口吻，夏文芳还不定怎么对人家讲妈妈呢！因此我恨得很，就不由得问妈妈：

“她说什么来着？只是有一次沈克康也到梁家去，走了碰头，我没注意他，第二天梁太太问起才知道的。”

“她也没说什么，也是闲说话说起的。”但停一下妈妈又问：“听说这位梁先生要到日本去啦？”我听了不免一惊，但随即镇定地说：“是的，我也听说了。”

我和妈妈便没有再谈这件事了，走到家门口，我在开碰锁。妈忽然把头倚靠在门边，眼睛闭着，用手蒙住前额，轻轻地呻吟了一声。

“妈，你怎么了？”我急忙一边开门，一边搀扶她。

“好了，眼发黑。”

妈妈年来有时会有头晕的毛病，敏姨她们曾要她去检查，但妈妈认为这是小毛病，就懒散地拖延着。

我们进到屋里以后，妈妈却略感不能支持地说：“云，你去随便煮点儿什么吃吧，我躺一下。”

我换了衣服，见妈妈已经睡熟的样子，我替她轻轻盖上了毛巾被。一定是早晨谈多了，提起了父亲，又在烈日下的水源路上走多了路，才这样的。给爸爸做忌，有这么重要吗？爸爸已经是死去多年的人，难道还要举行一次盛大的七周年公祭会，借着死人招摇一番？也说不定，她们是会这么做的，所以母亲才烦恼吧？

我拿了买来的面条到厨房去烧午饭，妈妈怎知道我近来也很怕厨房的油污味儿呢！

我工作着，一边在算计，还有最多两个月就到日本了，那时我的体态会很明显地变化吗？不会的，注意一点就是了。我决定不告诉思敬，使他到日本后再惊喜一下子。我也不告诉妈妈，因为那是很难为情的。但是妈妈刚才问到思敬到日本的话，我为什么不接下去就此说明呢？唉，不是合适的时候还是不要说的好，尤其是在妈妈不舒服时，不要刺激她，因为这是一件说服的工作，并不是像要到乌来或新竹去那样简单。

妈妈睡得昏昏沉沉的，她翻来覆去地转动着身体，但却没有醒过来。我想她下午一定不会去上班了，我应当去打个电话，替妈妈请假。

我自吃过饭后，一直是坐在卧室里的书桌前，我以一本无名诗人的诗集来遣此漫长的午后，有时因为思想不能集中，所以时看时辍。妈妈放在桌上的万金油，我也不由得涂抹一些在头上了。原来这块地方就是禁不起思绪的缠绕，我涂了凉油以后，狠狠地捶打了两下前额。

我既想到给妈妈学校打电话，便站起身，拉开书桌的抽屉，把小钱夹拿出来，又在抽屉里找五角硬币。

这时妈妈似乎醒来了，她梦呓般地长吟着，又咳嗽了两声。

我转过身，她正睁开眼来看着我，忽然叫我：

“云儿，上哪儿去？”

我还没有来得及回答，她又焦急地说：

“别出去了，你，在我身边儿吧！”

我走到床前看她，她脸有些发红，头上满是汗，我揭开她身上的夹被，说：“您睡热了。”

“不热。”她这么说着，但我却发现她的绸褂子满浸着汗，湿透了。她不住地用床前备置的毛巾擦着脖子和脸。

“妈，您不舒服了？”这种现象对于妈妈没有过，我也有点儿奇怪。

“心里难过，慌乱得很。你别走开。”妈拉着我的手。

“我就是要给学校打电话替您请假的。”

“随它去吧，这两天没有什么大不了的事。”

那么我就坐在床边陪着妈妈了。

她擦了一会儿汗，脸已不那么红涨，不安的心绪好像镇静下来，才叫我替她拿衣服换。

我说：“要不要请医生来给您看看？”

妈摇着头说："不用，不用，你看，汗出了就好了。不过，哪天倒也得去给医生检查检查，近来头晕，心悸，出虚汗，常常这么来一阵，那一阵真是说不出的难过。"

她这一阵过去，果然好多了，我问妈妈要不要吃些东西，她说好，我就请她不要下床，我替她拿过来。

妈一面吃着我烹饪出来欠高明的烩面，一面说：

"我近来更加怕噪音，恐怕心脏负担不了吧？我愿意静静地生活，不要给我刺激。但是上午夏文芳来了，说了那么多的闲话，真叫人不耐烦！"

我的心一动，不知夏文芳讲的是什么闲话？能牵扯到我和他的事吗？但她又能知道些什么呢？说不定——我想起来了，也许是她知道了妈妈和林教授的事吧？她是"包打听"！但是妈妈何必怕这些呢？妈妈现在跟谁来往，不怕任何人，尤其不关夏文芳的事呀！于是我就不屑地说：

"咱们家的事儿，她管不着！"

"闲话听了总是不舒服就是了。"

"如果妈妈是为她说了闲话，出身虚汗，那才不值得呢！"

"是的，我不听她的就是了，但愿她是瞎说。"

妈软弱地望着我，那眼光不同寻常，她真是得去检查检查了。

十七

我安心了，妈妈的病，已日渐痊愈。其实，她并没有什么大病，经过医生仔细地检查后，断定不出确切的症名。她虽然心悸，但是在心脏检查测验下也没指出不良现象来。她的头眼昏黑，不过是血压略低，并不严重。这些现象，医生给她一个极笼统的病名，叫做“更年期”，医生嘱咐她：宁静平和的心情，营养丰富的饮食，充足无忧的睡眠，是度过女人这一段时期的条件。

母亲承认这些，既然不是她所预想的那些可怕的病症，所以她也就一天天地好起来。想到那些对生命恐惧的日子里，她是多么失望地曾对我讲过一些话。那天她精神好些，在我替她取药回来后，她问我：

“为什么去了这么久？”

“妈，我是到梁家看看的，孩子马上就发榜了，她考上哪家学校，总是我关心的。”其实我确是常常借了替母亲办事，偷闲也去会见他。离别的日期一天天地近了，虽然不久就会重见，但总是依恋地想去看看他，也为了把母亲的病况报告给他，他给我一些安慰，就往往能使我安心地回来。人是为了获得鼓励而生活的，日日时时，有形无形的事物中都有“鼓励”存在，不是吗？

妈妈当时听了也就没说什么，但停了一会儿她又问：“听说你教的这个孩子，不是梁太太生的。”

“您怎么知道？”

“是敏姨闲聊谈起的。”

“是的，我也是在敏姨那儿听来的。”

“男人真是不可靠呀！”妈的感慨真令人惊异！她是一个善良的女人，很不容易凭直觉去对人下评语的，所以我不知怎么一股劲儿，表面上是责备妈妈，在冥冥中却是给他做有依据的辩护，我玩笑地说：

“妈妈，您不应当这么批评他的，如果要讲不可靠，岂不是爸爸是一个最不可靠的人啦？”

“跟你爸爸不能比，你爸爸和夏文芳的母亲的结合，是凭父母之命、媒妁之言的那种旧式婚姻，一开始就是痛苦的，所以他由家乡跑到老远城市去读书，做消极的抵抗……”

“那为什么跟夏文芳的母亲生了好几个孩子？”我不屑地轻撇了一下嘴。

“那是在没有爱情下的产物。你爸最初也曾试图盲目地去爱那个乡下的无知的女人，但失败了，于是变成越发地不能忍耐，在那种情形下，你爸的孤寂的心，倒更需要温情，云儿，是在这种情形下，我跟你爸爸结合的。”

我又笑了，“难怪！在没有爱情的结合下，才产生出夏文芳那个怪物来。另外几个您见过没有？是不是也和她一样飞扬跋扈？”妈也笑了，我又接着说：“您看，您和爸爱情结晶下的我，毕竟不同吧？所以梁晶晶也是很可爱的呢！可见男人在这种情形下，也不能完全说他是不可靠的吧？只要了解某件事的真实情况。”

但是妈妈摇摇头，“但按说这位梁先生却不应当发生这种事的，因为他和梁太太的结合，究竟也是他自己愿意的，我听说。”

“我也这么听说，但是您如果看过他们夫妇，您就知道，怎么那么不配合！我第一次就有这种感觉，恐怕所谓的愿意，也是出于当时的形势所迫，而且那时梁太太毕竟还是个小姐，和他年龄的相差，不太使人有明显的感觉吧！”

“总之，各种不正常的结合，也还是多多避免的好，因为梁先生和梁太太的结合也不正常，所以才又发生另一件不正常的事情——又和晶晶的妈妈结合……我和你爸，虽然我们两人很要好，但是所产生的后果和影响，总是讨厌的，在这一点上，常使我……”

“使您后悔吗？”我接了妈妈好像不知怎么形容的话语。记得她给林教授的信中，说过她不后悔的呀！

“虽不能说是后悔，但有时烦得很。”

这是那天的闲谈，我曾怀疑母亲是有意地说给我听，但也想那是无意的，因为在我伺侍病榻的日子里，我们常这样闲谈，什么都谈。在平时，我们难得有这机会。如果母亲为了听说了我的闲话，她会直接对我说，何必拐这么大弯子？但在闲谈中，我已经不时地介绍了思敬的为人了，只是别的话不敢吐露出来，医生既然说她需要一个平和的心情，希望在她非常非常之平和的心情下，再听我的要求吧！

今天，妈妈的情形更好了，她要到学校去看一下，说学校要发榜了，不定忙成什么样子，既然医生没说出她的病症来，算是休养也应当差不多了。我说我陪妈去学校看看，她也答应了。

我们到学校去，大家虽然忙碌着，但见了妈妈都高兴地过来问候她，说她胖了或瘦了。她们也都和我开玩笑，说我怎样的标致和不定有多少人在追求我的话。温暖的友谊，使妈妈高兴而感激，从她晴朗的笑容可以看出来的。如果我走了后，母亲有这些友情在包围，也许不会感到一时失去我的寂寞了，她知道我总有和一个男人结合的一天呀！

妈妈既然在愉快地处理她的积压的公事了，我便在人不注意的时候走出来。

昨天和前天都没有和他见面，行期不知确定了没有？我不便公开去送行的，这件事对我说来，倒也无痛苦可言，我本来就不爱热闹，怕在生人多的场合中出现，但是我要打个电话过去。

我到学校斜对面的电话亭去。但不知他今天在不在公司里，因为他这些日子已经不正式上班了。

当接电话的人让我等一等的时候，我知道他刚好在，于是我把半敞开的电话亭的门关拢来。

他问我为什么两天不见，担心我是因为母亲病的关系，我说："妈妈非常好了，今天已经去上班了。"

"那为什么不来找我呢？"

"希望养成不和你见面的习惯，好应付别后的日子。"

"是吗？云，但是我的行期定了。"

"定了？哪天？"

"后天，因此希望今天见到你。"

"现在吗？"

"不。晚上在桥边。"

"如果我不能来呢？"近来借口出来似乎有些不便，不是充足的理由，妈妈总是要盘问的，生病使她怕离开我。

"但那几乎是我动身前的最后机会了。"他停了下又说，"无味的应酬给我排满了，晚上九点钟我一定可以赶回来和你见面。"

"好在我们没有什么重要的事。"

"难道不想见我吗？云！"

他这样地叫我，原是很平常的，但是不知怎么，忽然有一股莫名的悲哀冲击上来，使我鼻尖发酸，我哽咽地说：

"想极了见你——所以不见你。"

电话停顿了刹那,他一定在奇怪我说的话。随后他就温和地问我:

“云,你是在难过吗?”

“没有,我很快乐。”我颤抖地答复他,我确实很快乐的,这样全心全意的爱恋,像十五的月亮,是最圆满的时候。但有一滴泪却掉在电话簿上,我用手指把它抹开了。

“如果你觉得不和我见面更有意义的话,那就不见吧?”

“好的。”我克制自己,不,我折磨自己。

“但是我九点钟的样子还是会在桥边走一走的,也许你来了,或者你不来,都随你。”

“好。”

“我走了,妈妈病也好了,就该你好好地休息了。”

“嗯。”

“安顿好了我就写信来。你到日本的事,我会托付这里一位要好的朋友。”

“嗯。”

“你在一星期左右可以收到我详细报告的信。”

“嗯。”

“为什么不说话了?”他发现我只有答话。

“我只要听你说。”

"还是那么孩子气吗?"他的话里洋溢着无比的温和,人家都说他阴郁难以捉摸,完全错了,他爱护我,依从我,热恋我,关心我。

"我不是小孩子了,"我说,"我不但一天一天地不是小孩子,而且……"我说了吧,我还是说了吧!

"而且很大人气了,是吧?那就好,到了日本,你就是一家的女主人了!"

"不,不是这个意思,你不知道的!"我的嘴变得这样笨拙!外面已经有人在注视我了,是两个拿着五角硬币等待打电话的人,我只好和他互道珍重再见,几乎是断然地,我把电话挂上了。

出了电话亭,我反而后悔起来了,我就这样和他话别了吗?这样紧促的?他一定还拿着电话在发呆,我想象得出他那样子,他是多么使我倾心的男人。

母亲在学校里虽然很高兴,但是回到家里来,又郁郁不欢的了,也许是刚好做了一天事,疲倦了,晚饭后,她半躺在那里吸着纸烟。

我说:"您还不适于抽烟吧!"

但是妈妈懒得回答我,只瞥了我一眼摇摇头,意思好像说没关系。

我收拾好屋里的书报,给妈妈倒了一杯热茶,她在夏天反而要喝热茶、热汤,她说那样出了汗才是真正的解渴和解热,不过近来她的真汗、虚汗也出得太多了。

我刚坐下来陪着妈妈看报，外面的门铃喊声交加，一听就知道是敏姨，她总是双管齐下的。

我跑去开门，一看，敏姨的后面还站着一个——啊，是林教授，我是多么高兴他们来了，解除我和妈的无聊。

妈妈这时精神也振作起来，我又添了两杯热茶，他们都是同时代的人物，有同样的见解，同样的嗜好，同样的希求。

小玻璃几上，三杯茶，三支烟，他们轻轻地谈话，我闲坐在一旁。后来林教授退出她们的谈话圈子了，因为妈和敏姨谈到她们俩的生活圈子上去，就不是他插得上嘴的。林教授转过脸来问我近来学习的情形，我就拿出英文来向他请教。

他用英语缓慢地和我交谈，真惭愧，我的会话程度浅到连 shall 和 will 都搅不清，在人称上常常用错，他都耐心地讲解给我听，但是讲解归讲解，实用归实用，话从嘴里溜出来，总是错的时候多。

敏姨在一旁也笑了，她说："你跟林教授学的机会可不多了，他又要出国啦！"

"是吗？"我惊奇地喊，"您又到哪儿去？"

敏姨代他回答说："这回可要去得久喽，说不定三年两年，四年五年的！"

"到底几年？您什么时候走？"

“还早呢！总要到明年的事了。”林教授回答说。

啊，我心里笑了，那还在我走以后了。但是我又想入非非了——妈妈不可以同去吗？我们母女俩都有了新生活了。海外萍踪，会留下在台湾无限甜美的回忆！

敏姨打破了我的痴想，她说：“晓云，要趁林教授没有出去前，好好跟他学啊！”

“是的，那当然。”我漫应着。

这时已经九点了，桥边还有一个约会我没忘记，但是屋里正说得热闹，我怎么脱得了身呢！我起身，不安地走出屋门外，假装着在找什么，心里打着鼓问自己，到底出去不出去？知道他会准时前去的，但是我不去也没有什么关系，思敬白天在电话里说过，不管我去不去，他都在。我不去，他也不会怪我的。他也许不能准时，万一有什么事绊住了他，就会迟到也说不定。这样自慰着，我就在院角拿了扫帚进来，轻扫着屋里地上的零屑，轻扫着我心地上的不安的痕迹。

这样消磨到快十点了，林教授首先提出告辞的话，他说如果敏姨还要谈，他就先走了。我知道，他每晚还要读两小时书是多年的习惯，不肯把时间全消磨在穷聊上。

敏姨说一同走，她要妈也早些休息。我坚持要送他们走一程，他们不答应也得答应了。

出了家门，我们三个人原是同行，但一下子我就走在他们的前面了。实在我的心里是惦记着借此到桥那边去。但是敏姨多让人着急啊，她和林教授是用漫步式边走边谈的，有时轻声低语，有时仰天大笑，林教授却是极稳重又文雅的派头儿，他总是不急不切，适宜地谈笑。

想到他如果真能和妈妈结合，并且带了妈妈出国，这可倒是使我意外地欣慰，因为我到日本去，离开母亲，顾虑的就是她的生活，现在看来，不是我们都有了归宿了吗？妈妈在美国，我在日本，我们虽然远处异国，却因各自有了伴侣，也就彼此可以安心了。但是我们母女要到哪年哪月才再见面呢？也说不定，比如有一天，他们归国路经日本，我们会同去热海看月亮呢！

我设想得很好，不免高兴得像有只鸟儿在心上跳，跳来跳去，啄点着我的心，使我惊醒过来，问自己："有这么理想的事吗？"

我乱想着，只顾自己向前走，离开他们一大截了，不得不立定着等待他们一会儿，我是来送客的呀！

等他们到了面前，敏姨便叫我："不要送了，回去吧！"我说："好的。"看他们弯过街那边，我却转身向另一个方向走了。

在人少的一段路，我就以小快碎步轻跑着，人多灯亮的时候，我就步子放慢了却大踏步地走。

我一路过桥去，眼睛注意地张望，黑暗的桥墩下，堤岸边，我都不放松，但是没有看见他。

表针指到十点半了，离开他所约定的时间已经过了一个半小时。就算他晚来了半小时，也不会在这里傻等了一点钟还不离开，何况我曾说过不来的。

我抱着失意的希望，在堤岸边漫步着。桥上的灯很亮，但车辆已经稀少了，我想我不如还是到桥上去，万一他来了呢？——也许他第二次又走出来看看，我站在亮处，可以使他容易看见。

于是我就在桥上散步了，我停在桥栏边，注视被灯光照耀的桥下的水面，灯光在黑色的水上闪动，使我想到我们曾多少次在桥边约会和偎依，这些都将成为生命上可纪念的回忆了！

是我的不对，这是在他离开前我们最后一次的会晤，为什么我白天不肯答应来呢？然而他又为什么不强迫我呢？如果他说："你一定要来，你一定要来！"我不就无论如何都会去的吗？

他太好了，这也许是他的弱点，他总是不强迫任何人做任何事，也许这是他的消极成了习惯，就变得这样了。想想看，他何曾对我有过一点点的严厉或变色，他为什么那么温存啊！

这时他回家去了吧？一定是像我现在盼望他一样盼望我，然后，手插在裤袋里，无奈地，低着头回家去。

十一点了，十一点十分了，我也无奈地，低着头走向回家的路。

十八

今天是妈妈轮休的日子，但是她仍一早就出去了，也许因为学校招生的事情忙碌，所以停止了休息吧！

昨晚失望地从桥边回来，才发现信箱中有一封信，是文渊寄来的，他照例每月寄两封信来。也许已经停在信箱中两天了，近日的紊乱的生活和情绪，许多事都不顾了。

看着文渊的信，我很想写一封信向他表明我的心迹，这有什么不可以呢？我会和婉地告诉他，我即将决定的行止，和谢谢他一向对我的关怀，以及我们仍可继续手足般的情谊。他看了信也许会苦恼，但过一阵就会好的，因为我对他的情感的程度，他一向就知道，我并非由恋爱中向他撤退，所以和别人的失恋毕竟不同。

要不，我先向另一个人表白吧，她更关心我，而且也曾对我起过疑心的，那就是美惠。

向我的童年以来的好友吐露心情，才是最自然的事情，何况许多事情，我还得要她的帮助，比如像说服母亲、透露消息给文渊等等，不是她做来更适宜吗？

明天一早，思敬就出发了，这时我才后悔，应当早日把他介绍给美惠认识的，许多人都是把她们的爱人先介绍给朋友，家人往往是最后认识的。美惠对他有了认识，向母亲说服的理由才更充足，因为如果母亲不赞成的话，她会指责美惠说：“你又没见过，怎么就知道他可靠不可靠呢！”但是怎么说，也来不及了，只好由我自己来先向美惠说服。

我摊开了信纸，写下了“美惠”两个字就停住了，我从何说起呀！

桌上烟缸里有几个残烟蒂，旁边还架着一支未吸完的，都是妈妈的成绩。我不由得拿起了那半支烟，点燃起来，学着妈妈的姿态吸了一口，呛得咳嗽两声，放回烟缸上架着。我奇怪人们是怎么就会吸起烟来的？妈妈是在父亲死后才点起烟来解愁的，敏姨说看学生笔记看得头昏，才开始用烟来熏，都是很自然的，应当的，吸上了瘾。

我不会吸上它的吧！但是此刻面前有一股细小的烟雾袅袅而上，颇能助人思绪，倒是真的。于是，我闻着比吸着更舒服的烟味儿，放开了笔写下去：

美惠：

新竹和你半日的晤聚，别后又快两个月了。我和妈都以为你学校放假后会来台北小住的，谁知你来信说和李新有南部之行，因为你已得到父亲的谅解，他要你们双双回去作客，所以不能北来，这是最令人高兴的事了。

美惠，回家以后的情形如何，也没有得到你的半点信息，也许你依在母亲的身边，重温少女时代的生活的温馨，她老人家不放你，你也就赖在娘家不走了，把我们都忘记了吧？

想象你这时已经回新竹了，接到我这封信是在你那瓜棚豆架下展读的吗？

偎依在母亲的身边，的确是最惬意的事情，你可以偷懒、撒娇、发脾气，但是人生真奇怪，终有一天我们要离开母亲的，狠心地离开母亲！美惠，离开亲爱的妈妈这件事，不但你做了，在不久的将来，我也要做了！美惠，教我如何向你说起呢！

到新竹去看你的那次，实在很想跟你谈谈的，但是不知怎么，无论如何找不出一个合适的开头，我终于匆匆和你告别。

聪明的你已经看出我的不安了，所以你曾指说我是在恋爱中的话，一点也不错。和我恋爱的对象你猜得也很接近，但，那是很出你意外的一个人就是了。美惠，我刚才写到这儿，停了好一会儿。我是在痴想，为什么我那天不留在新竹跟你倾谈，现在，事情变得不简单了，我是多么需要你的帮助！

那个人明天就离开台湾了，我们在另一个国家有个约会，因此我说我必得离开母亲了。但真是奇怪，我的行动早就背叛了母亲，但是心情无论如何也脱不开妈妈，这就是我的痛苦。为什么这样？就是因为它不顶正常。

妈妈的身体已经好了，我在考虑，什么时候我看她禁得起她女儿给她这一记打击时，我就什么时候向她提出。美惠，我心不安极了，总是犯了我那个老毛病，事前的紧张，我把这些话向你说了，这时就好像舒服了些。

别以为我在给你这么一封摸不着头绪的信吧！妈妈和我昨天商量着，大约一个星期以后，我们就可以闲下来到你那里住几天，那时我们将详细地谈，我有太多的话。

但是你回信来先不要谈这件事。唉！妈妈恐怕还一无所知呢！

这样写完了，自己再从头看一遍，这种含蓄的语句，似乎只有我一个人明白。我要折起来装进信封里，不小心碰到即将烧光的烟蒂，一大截烟灰掉到信纸上，我把它抹开。美惠会奇怪，带着烟味儿的信纸上写着不明不白的话，是怎么搞的？

我把信装好，抽出来又看一遍，又怕说得太明显了，又怕她看不懂，真是矛盾极了。最后还是下决心用唾沫舐湿了封口的附胶，狠狠地用手掌拍打着，把它紧紧地封好了。我的巴掌好像在拍击着我的嘴巴，责备我自己的不稳定。

我也把烟蒂挤灭在烟缸里，学着妈妈的手法，当她思虑过多，要做最后的决定时，想必是这样的吧！我想着，自己也笑了。

妈妈真奇怪，今天午饭也没回来吃，事先她并没有交代我，也许学校加班管饭吃，但是她身体刚好，是应当回来吃些柔软适口的东西，并且休息睡个午觉的，她太负责任了，总怕失去了那份人浮于事的饭碗。

我把信放在桌上，疲乏地躺到床上眯一会儿，不知道什么时候，妈妈已经回来了。我连忙从床上起来，伸了一个懒腰，晃眼看妈妈的脸色不太好，是疲劳而憔悴的样子，我接过妈妈的皮包说：

“您怎么这时候才回来？”

“我去看个朋友。”

看个朋友？有什么朋友是不能跟我提出名字来的呢？

“那——您吃饭了吗？”

“吃了，在外头随便吃的。”妈的答话懒洋洋的，心里像是还想着什么别的事，眼睛呆呆地望着一处。

过了一阵子她重振精神，这才换下高跟鞋，点了一枝烟吸。为了找火柴，她走到书桌前，看见桌上的信，问道：

“给美惠写信吗？”说着她就拿起了信。

“哦！”我吓了一跳，但想起那信已经封好了，即使没有封，她也不会抽出来看的，“是呀，我想她大概从娘家回新竹了吧。”

“有没有提咱们几时去她家玩两天的事？”

“提了，我说大概再过一个星期的样子。”

“为什么不早点儿呢，明天、后天，嗯，大后天就去吧！”

“不。”我快速而坚决地否决妈妈的提议，妈妈为什么要提早呢？

本来讲好的是过一星期以后。“我还有点儿事，总得过一星期才办妥。”妈哪里知道，我是在等个信息。

妈听了也就没说什么。她这时换下出门穿的衣服，我替她挂到橱里去。她今天出门非常地“正式”，穿着这件贵重的真丝料旗袍，这是吃喜酒、做贵宾穿的，今天她是到哪儿去做贵宾啦？

妈这时已经躺到床上休息了，但她一时并未睡去，还在那里侧着身子吸香烟，眼睛一时看到天花板上，一时望到地下，只是不肯面对这中间的我。说不定她是去和林教授约会，其实那有什么关系呢，我赞成这件事呀！

我把烟灰碟递到床头给她，顺便倚伏在床栏杆上，撩好她的几丝乱发，不知所云地问：

“林教授出去的事定规了吗？”

她摇摇头，好像懒得理会我这句话，随便地答道：

“谁知道！”

“能出去到处看看，倒是一件有意思的事。”

妈这回干脆不理我了，只管猛吸着烟想自己的事。

床头刚好有一份报纸，她随手拿起来看，翻到电影广告版，看了一下，忽然吁了一大口气，说：

“有什么好电影，看电影去好不好？”

“好呀！”妈妈还难得自己张罗看电影呢，是什么事使她兴奋或烦恼吗？"您想看哪家的？"

"我也闹不清，好多日子没出去走走了，定好了看哪家的，找你敏姨一起去。"

也好，我们是愁闷难遣的一对母女，各怀心事，出去散散心，看看人潮与繁嚣，有时会使情绪变化一下的。

"看完就在外面请敏姨吃点儿什么，不用回家烧饭了。"

"好！"我很高兴，指定了去看大世界的歌舞片，轻松愉快，赏心悦目，宜于病后的妈妈。

我去梳洗打扮，妈妈休息了一会儿也起来，重新穿上出门的旗袍。

顺便拿了给美惠的信去寄，我把信在手中轻打着，心里说，把明日的离愁暂时打掉，有好几个小时，我不会想起他了！

十九

这真是一个令人兴奋的早晨！梁晶晶的名字出现在她的第一志愿的学校。昨天妈妈本已经把晶晶的分数查出来了，但是不能确定分在哪个学校，因为那分数也许被分到第二志愿也说不定。昨天为了报告这个消息，曾两次打电话去梁家都接不通，也许是梁家的电话坏了，或者没人在家，只好放弃打电话，好在是一夜之隔，早晨晶晶自己也会看见报的。

这对于晶晶的爸爸也是个好消息，他已经走了四天了，孩子能够考入好学校，无论如何，能说我没有功劳吗？同时我也放下了一颗心，如果功课不太紧张的话，我希望晶晶继续学舞，想象她如果跳起《白鸟之死》来，美妙不会在那次表演的女孩子之下！唉，《白鸟之死》促成了我和思敬的结合。

我这时是站在院子里看报的，真奇怪，你所认识人的名字，怎么会在千万个人名中一下子就触入眼帘哪！这时我是不是还要打个电话去祝贺她，或者我自己去她家一趟？买一件什么可纪念的贺礼吧！

妈妈已经在梳洗了，当我把晶晶考取的消息告诉妈，她也很高兴。她说："你对得起他们。"这叫什么话！

我们吃早点的时候，我对妈说：

"妈，我去梁家一趟。"

妈说："去个什么劲儿呢？"

"咦？"我说，"我教的学生，我难道不关心？而且，我要送一样礼物给她，您说买什么好？"

妈妈似乎对这没多大兴趣，她说："用不着把这事看得这么严重，那孩子不缺什么呀！"

"您怎么这么说？"是的，妈也没见过这孩子，当然不会比我关心，而且她最近确是懒懒散散的，那我就不必跟妈商量了。

妈妈吃完点心去上班了,又留下我一个人在家。我在书桌前摇晃着身子在计划送晶晶什么,并且打算请请她。我们将要离别了,等到再见面,我就要以另一种身份出现,这要是多久以后的事呢!

我要出去了,找衣服换,没有他,装饰对于我是显得没那样重要了,但是我也要选一套心爱的。一抹晚霞映照在绿草茵上,这就是我现在要穿出去的一套衣裙的颜色,好像艳了些,但是我从不涂抹口红,这就是我不同于别人的地方。他说不要我涂抹,苍白使他对我产生强烈的爱怜,我是他心上人!我这时是多么想念他。

外面有人在按门铃了,一定是洗衣服的阿婆,她会拍着我的肩膀说我“卡水”呀!

门铃又响了,我提了皮包,一边向门外走一边答应着:“来啦,来啦,阿婆桑!”

但是门一打开使我惊奇地喊了一声:“哟,晶晶,你怎么来了?”

晶晶微笑地站在门口,她好像要讲什么,我却又兴奋地说:

“看见报上的榜没有?”

她仍是微笑地点了点头,没有我预期的那样高兴,大概考得取是早在预料中的,所以也就不觉得顶稀奇了。

我要请她进来,她这才说:

“不,”她回头指巷口说,“妈妈找你。”

“哦?——”我向巷尽头望去,并没她的影子。

"妈妈在桥下的茶座上等我们。"

"好的。"我嘴里答应着，心里却想，她什么事情这样神秘地找我呢！

于是我关好了门就和晶晶一同走。我本打算先去买些小礼物送晶晶的，这样一来，就没法子买了，好在留待明天也没关系。

晶晶和我并肩走着，意外地沉默，这是她对我从没有过的现象，大概爸爸走了，总有些想念吧！我无所谓地问：

"爸爸来信了吗？"我这是多此一问，他刚抵达东京呀！

"没。"她摇头简单地说了一个字。

"想他了吧？"

她的头动了动，既不像摇头，又不像点头。

我说："昨天给你们打了两三次电话，都没有人接。"

"电话已经拆去了。"她头没抬，踢着地上的石头子儿。

"拆了？"这倒是意外的事，难道男主人一走，公司就把电话拆去，也未免太现实了。晶晶没有再对我的惊奇解释一下，那我也就不便再问了。

仲夏的早晨，也许是一年中最可爱的早晨，但是再过一会就要燠热起来了。水源路上空气清新，这带地方，无论是清晨或夜晚，都给我甜蜜的记忆，当我远适异国的时候，这里的景象会深印在心版上的；还有，雨中的散步，闹不清我们关系的卖水果的老人，和他风中的偎依,他第一次把衣服披在我身上的温暖……在在使我感觉无限的温馨。

我们向堤岸下走去,晶晶立定住,张望了一下子,才指着下面的座位对我望了一眼,好像说,就在那里了。

可不是,她妈妈正面向河水呆望,背对着这边,她不知道我们已经来了。

快走到跟前,晶晶才轻轻地喊:“姆妈!”

她回过头来,我们俩四目相视,不见面不过是十天,却仿佛很久远一样,熟悉的面孔在我的面前陌生起来,隔膜起来了。她笑着说:

“怕你出去,所以早早去找你,喏,坐吧!”

她还是那么老练。说实话,我不愿和她在一起,她总有一股威胁的力量压迫人。想想思敬,为什么这样的两个人会配在一起呢?

我没话找话,再说一遍:“昨天给你们打了两三次电话哪!”

“是的,电话拆脱了。”

“我是要告诉晶晶考取的事呢,因为昨天就知道了。”

她微笑但不在乎地说道:“谢谢你,我今天就是要谢谢你的。”

“哪里,我应当向你道贺。”

这时我已经坐下了,茶房端来了两杯清茶。晶晶却伏在桌上,下巴顶着桌面,发呆地望着妈妈握着的那杯茶。

“晶晶,你上那边看风景去,喏,”她指着河的上游,那块空地,架着几只竹竿子，晾着像挂面样的不知什么东西，也有几个早晨来游泳的孩子，“妈妈和夏小姐谈谈话。”

晶晶乖乖地起身去了。我们俩同时望着晶晶的背影。她这样的口气，意味着要跟我谈什么正经事的样子。关于晶晶入学的事吗？晶晶已经走远了，我静待着她的发言。她反而沉默了，那只手不住地转动玻璃杯，思索着什么。

好一会儿，她才重振精神般的，直起了腰身，望着我说：

“多谢你教导晶晶，使她学业进步。”

真奇怪，为什么不断地说着这样客气的话？我只好说：“我一直都认为晶晶是聪明用功的孩子，现在考学校虽然难，但对于晶晶，考取是预料得到的，这是她自己的功绩。”

“那可不见得，”她说着，便打开讲究的皮包，手在里面翻动着找东西，她先拿出一包纸烟来，点燃了一支，叼在嘴上。又从皮包里面夹出一个信封来，她的手有些抖，也许是我的错觉。她把信封放在桌上，又说：

“不过，晶晶却不要入学了。”

“不要入学了？”这真是个重大的消息，我还摸不着头绪。

她从鼻子里轻笑了一声，非常之隐重地望了我一眼说：

“我们要离开这里了！”

“哦！离开？搬到哪儿去？”怪不得电话拆了，也许，台中、台南，都有她的亲戚。

“搬到日本去。”她努力地吸了一口烟。

听了这话，忽然间，眼前纷乱了，看不清楚她的脸了，我为什么这样呀？我不能镇定些吗？她又没说别的。我嘴里喃喃的，连自己也弄不清是说什么。又听她说：

“夏小姐，我知道你和你妈妈是很苦的，沈克康的太太跟我讲过，我也很同情你妈妈的，但是你有你的前途，再苦也别走你妈妈的路子呀！”

她说的什么话？何所指？有妈妈什么关系？我完全纷乱了，不知所措。只见她把白色的薄薄的信封推到我的面前，她勉强一笑的嘴角都斜了，她说：

“喏，一点意思，请你收下，留着跟妈妈用吧！”

“不！”我不知道里面是什么，但是这突如其来的事情，我仿佛有些头绪了，它使我浑身发凉，我发着抖把信封推回去，但她还是坚决地推过来，又说：“收下吧，我拿给你，就跟思敬拿给你，一样嘛！”

她这样羞辱我！而且还冷笑着！但那冷笑的面孔忽然激动得变成惨笑了，顷刻间眼里有泪在打滚。

但她终于竭力自制，没让它滚出来，倒流回眼眶里了，她又恢复了稳定的面孔，并且说：

“明天我们就到日本去了！思敬会奇怪，来的竟是我和晶晶。夏小姐,——”她叫我,却又停止不说了,咬着嘴唇,仿佛在计划底下的话怎么出口。我呢?我没话可讲,它太突然了,我毫无准备。但我的眼睛盯住她,我绷住脸,表示一些敌意。

她停了一下说:“夏小姐,我们朋友一场,不瞒你说,为了不愿意毁了思敬的前途,我也很苦哪,一次又一次的……”

她说到这里,又去转动那只玻璃杯,并且注视着它,“夏小姐,你明白我的意思吧?!你要经济上有什么困难,就到公司里去拿,我会交代他们的,我们总是愿意帮助人的呀!”

她的话使我昏乱、羞恨,但是我一句话也无法反驳,因为她是这样会把握每句话的分量,不使它泄溢但却喷人,我在迷乱中看她站起来了,又笑着说:

“夏小姐,一切保重了,我还要忙许多别的事。”

她提起皮包又笑笑点点头,去了,向上游晶晶去的那条路上去了。

我呆坐在这里,这时浑身才大大地打了一个寒噤,我还很胡涂,没闹清楚刚才的这一场会晤,究竟对于我是怎么回事。这个信封,我打开来,抽出来的是一张一万元的支票!

我一直没有说话,只听她自己在讲演,这是表示她胜利了吗?她羞辱了我吗?不,看她那就要滚出来的眼泪,明明是她承认自己失败的泪!

一万元，不是为答谢晶晶考取中学的报酬，而是——而是表示向我哀求！啊！我胜利了，我胜利了，我真的胜利了吗？

我站起身来，拿着一万元的支票，茫然地走向堤岸，走上大桥，早晨的清新的空气已经没有了，河水在烈日下摇荡，我在空无一念中，随手就把支票扔下河去，它飘了飘，投身水中，随着摇荡的波浪远去了。

事情会怎样演变下去呢？我也不知道，这时才产生了一个不太好的预感，有些事情也许真的不简单了，她不是说，思敬会奇怪来的竟是她们母女吗？这样的安排，思敬做梦也想不到吧？他曾说晶晶的妈妈宁可留在亲友围绕的环境中的话。每个人的估计都错误了。世事是一瞬万变的。

内心的激动，使我疲乏，我踉跄而行，颠颠倒倒地走回家里去。

我脱下晚霞般艳丽的衣裙，随手把它扔在地板上，也懒得去拾，我就这么样，把只穿着奶罩和短裤的细长身子往床上一扔，就伏在大甲席上。这时世界上只有我一个人了。他呢？他在哪里呢？

清凉的大甲席，使我恢复了神智，我背诵着一句不相干的小诗：

忍受一切赤裸的真理，
注视周围，全都平静，
这就是主权的颠峰。

我回忆着过去的每一个人的小动作，每一件事的小枝节，都能和今天的事连接起来了。在爱情沐浴中的我，并没有注意窗外的窥视者。

我抱住枕头，闻着妈妈留在上面的发垢味，啊，妈妈，她近日的情况也不免使我疑惑，夏文芳的出现，妈妈的不明的行踪，我预感着——我紧紧地，紧紧地抱住枕头想，我一定可以搜索或发现到什么，不管什么，信不信吧！我放松了枕头，由床上坐起来，穿上睡袍，走到书桌前去。

我翻了一阵子抽屉，没有什么发现，但在抽屉的一个小盒里拿起了一个小钥匙，我注视着它一会儿，这是妈妈的老式首饰箱上的钥匙，妈妈们常常都把她们的信藏在首饰箱里。前天，我记起妈妈曾翻动那只小箱子的。

福建雕漆的小箱里，有着上下两层，装了妈妈的一些小首饰，姥姥的遗物，鼻烟壶，玛瑙珠，都不是值钱的东西了，还有一些抗战时候坑死人的公债，命薄如纸，一文也换不到了，但是它们仍都被完整地保留着。它不会被抛掉，因为那是记忆的保存。看见它，可以想到那个时代的生活，唤起温馨或辛酸的情感。

下面一层是一些文件和信柬，爸爸的种种证件，还有什么用呢？北平的房契，向谁去要房子哪？一张我的小学毕业文凭，发黄的照片上，削瘦的我垂着两条辫子。童年的生活，还值得我留恋吗？但它已经远去了,就是连纯洁的少女的时代,也在我的狂恋中消失了！我把证书叠起来。这下面是什么？一封给妈妈的信,嗯？寄到学校去的,孙曼云女士启,内详。这是谁的笔迹,我竟一点也不认识,是林——吗？一定是,不然怎么值得保留起来呢!

我抽出来,心情很紧张。我不应当偷看妈妈的信的,但是我忍不住。

曼云夫人惠鉴:

临行前和您的会晤,使我明了了一些府上的情况。以前我曾多次要求晓云,希望和您见面,都没有合适的机会,现在想起来很是后悔。

今天您突然的光临,我不但不会怪罪您,而且觉得是很应当的事,当时没有答应夫人的请求,是因为任何人在那种情况下都不能自制的。在这一整天的时间里,我再三地思索,回忆起晓云最后跟我通电话时,不肯和我见面的话语,现在我悟解了,这也正是她对于赴日之行有了犹豫,晓云是一个内向的女孩子,许多话她不肯直接说出来的。

赴日之行,这样一来,对于我个人是毫无意义的了,但是我仍愿尊重做为晓云母亲的您的意见——努力事业,把晓云的影子埋在心底,如果这样对于晓云的幸福是有更高的价值的话。

我现在决定答应您白天的要求了，虽然事情的奇突，心情不可能一时平复。

晓云有一个正常而快乐的婚姻，也是我所安心的。您说俞君年后可返国和晓云结婚，那时我也许会返国述职，并且参加晓云的婚礼。一切都可以为晓云，请夫人放心，我不会来信或有什么行动缠绕晓云。我幼失怙恃，向往母爱，当然不会把晓云夺在我的身边，您白天的话也许太激动了。请她暇时仍临舍下，她和晶晶的情感很好。

临行匆忙写这封信，请夫人原谅它的草率和不敬。并祝安好。

梁思敬敬上

看了这封信，我虽在高度的紧张中，曾一下子把信纸团成一团，但随即又把它展开了，真奇怪，心情也意外地平静下来！我为什么这样呢？是不是久被压迫的心情，一下子松散了？因为许多事在我未做努力之前，已经被打消了！它完结得这么快，像闪电一样剥夺了我的一切！

连思敬都觉得事情来得奇突，他说他的心情不可能一时平复，如果再过几天，他突然又看见晶晶和她妈妈出现在日本他的面前时，更会有奇峰突起般的惊骇吧。思敬，我和你是同命鸟，我们的脖子都被紧紧地扼住了。你这时在哪里？去凭吊晶晶生母的墓吗？去热海看白色鳞波而怀念我吗？我不去见你，正是为了太想见你；我恨你，是因为我太爱你。你竟没有彻底地了解我啊！

我这时又愁闷起来了。

我把信件收回首饰匣里，它虽被弄皱了，但是一时不会被妈妈发觉的。我把一切弄得毫无痕迹，又回到床上躺下来。

我仔细想想，他确是个容易迁就现实的人，就像我两次谈到《逃狱惊魂》和《魂夺情天》的结局，他曾说过，如果不使逃犯和坏女人被捕和死，社会的秩序怎能维持，虽然逃犯和坏女人都有她们善良的本性。他答应了母亲的请求，不正是为了维持一些秩序吗？因此他请妈妈放心，他不会来信了，他不会缠绕着我，在我的耳旁轻轻唤着“云”了，他也不会为我申请出境了。热海之约，烟消云散，怎能让我立刻就相信！

拉琪这几天也病了，恹恹地卧在松树旁的小木屋里。它现在为什么不停地在叫？我去看看。

原来它是因为看见了一只垂死的麻雀，刚好掉在木屋旁。拉琪是一个热情的小狗，我把它从木屋中抱出来，它无力地倒在我的怀里，我该带它去兽医那里看看。为了它的热情与好客，才追随着思敬到他家去，冥冥之中，一定都是不可避免的，拉琪曾破坏了我们的事。但是我不恨你，拉琪，我从你这里得到的快乐更多。

妈妈回来了，她奇怪我怎么大白天换上了睡袍。我说裙腰勒得我难受，我感觉到我的体态已经开始变了。妈妈，如果她早知道这些，她还会去找思敬逼迫他摆脱我吗？如果思敬早知道这些，他还会这样简单地放弃我吗？这一切的差错，都坏在什么地方呢？怎能单怪拉琪的热情？

我连思索的力气都没有了，抱着拉琪在中午的日光下，简直想倒在草坪上。我对妈说：

“妈，我们下午就到新竹去。”

她奇怪地看着我。

“是您说的要今天去呀！”我再加上一句解释。

“但也是你说的，有事情要等一个星期才办好呀！”

“现在不了，”我苦笑着瞪住妈，“现在一切都不需要办了！”

妈妈啊，不是你都给办好了吗？

二十

美惠的床摆在窗下，躺下来，看白云青天，坐起来，摘绿瓜青豆，有说不出的宁静的景色。

我，被宰割后的小羊，躺在这里，也许还要再受一次审判。

我和妈妈是昨天下午到新竹来的，风城并不是风季，美惠的家格外的静谧。昨晚，我早早宣布疲倦上床了，故意留下妈妈和美惠夜谈。我昨天一天连受了两个打击，心中在滴血，怎能安眠？我听见外屋妈和美惠的窃窃低语，那该不是谈美惠回娘家的事吧！更听见妈妈唏嘘饮泣，她一定是责备我，又心疼我。如果她知道另外的一件事，那么她将更尴尬！因此我迟疑不知用什么方式告诉她才好。

现在，妈妈到新竹女中去看朋友，美惠在收拾什么，李新也上班去了。我倒在床上看一本妇女杂志。这是一段题名"少女珍重"的文章，作者谆谆告诫少女们，如何珍惜黄金灿烂的少女时代；更告诫：社会是险恶的，谈爱情要注意，一失足成千古恨，再回头已百年身，不可漠视！不可漠视！谈的都是老调，责备的正像是我。

我呆呆地望着这四个字"少女珍重"，忽然觉悟，我已经不属于这黄金灿烂的时代了，它刚刚过去，尽管也曾有过黄金的爱，也曾有过灿烂的光。我把杂志扔在脚下，美惠过来了。

她搬了一只矮凳坐到床前来。

"你看我怎么样？胖了点儿吗？"她两手摸摸脸，又伸长手臂翻转着说。

"不能说胖，丰满了。"我半开玩笑的。

"你可是又瘦了！"她轻拍着我的腿股。

我抿着嘴，无可奈何地笑说，"怎么能不瘦！"说完不由得低下了眼皮，我有太多的委屈。

这样，我们沉默了一会儿没说话。

“小鱼儿，”她叫着我最亲切的名字，“我们得好好儿地谈谈了，是不是？”她终于先开口了。

我没有答话，写信要跟她谈的是我，但是情形在急转直下，我倒不知从何谈起了。

“妈昨天晚上也跟我谈了好久。”美惠说。

我知道妈会跟你谈的。

“她说她却从未跟你谈过。”

“是的，如果我早跟她谈……”

“也不会使她同意的。”

“妈既然知道了，为什么从不对我说什么呢？”

“你这样不了解你的妈妈吗？”美惠是怪罪的口吻。

我摇摇头。

“自从知道你恋爱的对象，她痛苦极了。为了自己的过去，她说她难以责备女儿，她老实得连劝解你的话都说不出口，就自己急病了。她昨天说到这些时，难过得哭了。”

我把手绢绕在手指上，“我听见了妈的哭声。”

“你伤了她的心。”

“我知道我辜负了许多人。”

“对于别人倒也没什么了不起。”

“对于我自己呢?”我不知道为什么竟这样反问了一句。

美惠没有理会我的话,她只管问我:

“他是怎样的一个人?”

“他嘛——”我一时不能拿几句简单的话就包括他的全部,但我也还是说了,“人家都说他,不说话可是满肚子主意。”

“你看他呢?”

“我不这样想。”但是我不愿替他辩护,人家有足够的理由驳倒我。

“你和他交往不久,也许认识他不深。”

是罢,我还没说出他什么,别人已经先给下了断语。

“美惠,”我忍不住说,“我不管别人说他什么,他很可爱。爱到我恨他。”

“为什么?”

“别人说他是个有主意的人,但是我恨他太迁就现实了,所以最后总是被人击倒。”

美惠瞪眼听着,似乎不懂我的话的意思,其实,我是在自说自话的。

“那么——”她吞吐着,好像有什么问题不敢提出来,“你是不是打算到日本去?”

“这是妈妈要你向我探询的吗?”

“因为有些事实恐怕你不知道，还痴心地等待。妈妈的心情很苦，你不要责备她。”美惠的泪涌上来了。

“我都知道了，在昨天。恐怕有些事实妈反而不知道呢！昨天是魔鬼的日子！”一万元的支票，妈妈知道她也受尽人的羞辱了吗？痛哭的该是我啊！

“妈妈奇怪你怎么忽然提前要到新竹来？”

“我不是要来找你谈吗？你没收到那封已成过去的信？”

“当然收到了。”美惠说，“我先问你，你还要去日本吗？”

“我可能再去吗？我知道，我一时不能去了，妈妈怕我还不知道我不能去的事实，所以要你婉转向我说，是不是？”

“你一向是聪明的。”

“我现在并不糊涂。”

“人在恋爱中，常常失去了理智。”美惠似乎在一步步地盯紧我。

“几乎是这样，”我这时有些激动，“我爱他是没有理由的，我多少次警告自己，要躲避这件事！要躲避！但是不可能，我越压迫自己的思想，就越不能克制自己的行动。不要怪思敬，是我——”我两手蒙住眼，用力压住它，我要把即将流出的泪压回去，我不肯哭。

我不说了，美惠也不说了。但是，等一下，等我激动的情绪平平，我还是要说的，我们既然已经开始谈了。

美惠拉平我的衣服，摸抚着我的瘦肩膀，我的硬脊背，我的腰，她会感觉我的身体已经有了变化吗?

好一会儿,我才把两手从脸上放下来。

“知道晶晶生母的死吗?”美惠问我。

“听说过一点儿。”

“夏文芳对妈妈说,梁太太很厉害,绝顶的厉害,她到日本从晶晶的生母那里把晶晶和梁先生带回来,晶晶的生母是自杀而死的。”

我静静地听着。思敬曾说,总有一天要讲给我听的事实,我竟无法从他那里听到了。美惠又说:

“当夏文芳跟妈妈讲的时候,还讽刺了妈妈一句,她说:‘谁都像我娘那么老实呀!’试想想,妈妈听了是否像针一样的刺着她的心!妈妈认为,梁思敬从二十岁起就受制于梁太太——如果从没结婚时就算起,还不到二十岁呢。这种受制,梁先生虽然常常想求解脱,但已经成了他习惯的弱点,他是解脱不了的。想一想看,她一声不响的表面上说不去日本,但暗地里却也在办理到日本的手续,多厉害!”美惠说得很激动,头上在冒汗,她用手去抹,暂时停止了一口气说出来这段话。

梁太太,她很厉害吗?像每个人所说的?但她的哀求的泪,是在我面前出现过的啊!我深深地吁了一口气,美惠歇一下,又继续她的话:

“妈妈说,娇弱的你,如果去到日本的话,岂不又是一个晶晶的生母！会被她像鹰一样地攫住，多么地可怕！”

“她像鹰一样的可怕吗？”我心不在焉地说，眼前浮现的却是她的软弱的泪。

“当然啦！你以为她表面对你好吗？她的机警比一个访查你俩行踪的私家侦探还厉害呢！妈妈听了夏文芳说，对证着你一向的行动，她倒以为夏文芳这样告诉她是善意的。所以妈妈才决定了亲自去见了一次梁先生。”美惠说到这里，看着我，似乎在等我的反应。

“我知道。”我说。

“你怎么知道的？”美惠惊奇地问，“妈妈说你并不知道。”

“他有一封回信给妈妈，我看到了！”我软弱地回答。

“哦？！”美惠很意外，“妈妈说，她并不恨梁先生，内心中也感觉他是一个善良的人，但是她却不能不这样做——要他和你断绝，以免后患！妈说了她忍受不了你如真的到了日本而受摧残的话。你恨妈妈吗？”她最后问我。

“你知道我多么愿意她快乐的。”

“那就好。”她热泪盈眶地笑了，好像为一件重大的工作，曾经历了一段艰苦的过程，而终于完成。她抹了泪又说：

“当你理智地分析这件事的利害关系时，你的心境会渐渐平静下去的。”

啊，美惠，你怎么断定它不久就会平静下去呢？你何曾有过这样艰辛的恋爱的经历！

美惠又说话了："文渊对你的痴心，也应当博得你最后的同情。"

"文渊？"我不由得冷笑了一下，他曾多么忿愤地反对《一笑缘》的故事啊！但美惠不知道，她以为我的笑是同意她的话呢！

"明年三月，文渊留学整整一年，他很用功，你知道的，硕士学位可以拿到了，学业也告一段落。妈希望他能回国来。"美惠说。

"明年三月？"我心里暗算着，"为什么要明年三月回来呢？不能不回来，或晚点儿回来吗？"

"何必那样怕见他呢？他回他的，与你又不相干！"

"那么你又为什么提他？"

"唉，晓云，你当然知道妈妈的用心，她仍是希望你们多有接近的机会。"

我觉得这件事情我必得说出口了，我颤抖地说：

"美惠，我和思敬真的就是这么完结了吗？"

美惠从小矮凳站起来，倚坐近床沿来，用手拍哄着我：

"我知道你的心情的悲苦，谁能忍受这打击，但是你必须也把他的影子埋在心底，当做这不过是你人生历程上的一段插曲。"

"真奇怪，"我闭上了眼睛，喃喃地说，"就是这样吗？我连他的一张照片都没有，找他的影子真要凭我的记忆了。我连他的字体都不认识，我从未接过他的一封信。但是，我竟得到一项最重要的纪念，"我睁开了眼，半坐起来，用胳臂支撑着我的身体，惨笑地说，“美惠，你不是要我生下第一个孩子一定要给你吗？”我知道我的脸色多么难看。

“什么？”美惠睁大了眼，两手按住我的肩膀，“你说什么？”

我也直着眼看她，她摇动着我的肩，喊着说，“你说什么，你？”

我被她摇晃得迷乱了，她终于伏在我的肩头上哭起来。她孩子似的越哭越伤心。

“美惠，为什么哭？我都没有哭呢！”

她使劲搂着我，抬起了她的脸，“我们俩的命运为什么变成这样？我们同学的时候从来不会想到有一天我们是这样的。我难过，我要回到做学生的时候……”她抽噎着，激动地说。

“我们都不是孩子了，”脚下的那本妇女杂志翻开着，“少女珍重”的标题字很醒目，“美惠，我从小忍受过许多，现在更能忍受，你放心。妈妈上哪儿去了，怎么还不回来？让我自己告诉她！”

我忽然感到我有无比的坚强，我既然像世人所责备的，没有珍惜我的黄金灿烂的时代，但是它却给了我生命的最深的意义。我的经历，使我成长，看，纤弱的我，竟孕育着另一个生命。爱，应当怎么解释啊！

我扶起了美惠，替她整理乱发。在学校的时候，规定头发要剪到耳朵上一公分，露出耳垂来，我们轻轻地咬开带壳的炒花生，互相给夹到耳垂上，当做耳环子，笑声充满在教室的每个角落……那个时代虽然很远了，但是现在，我们的友情仍然这样密切，世界不尽属于悲苦的吧！

二十一

对外宣称需要疗养，我隐藏在新竹美惠的家，差不多半年了。

去年秋深的时候，我是一片枯叶，被吹到墙角，混着泥土和秋雨，满身是又脏又湿。妈妈只顾自己的悲伤，比起我来，她更神魂颠倒。她把憔悴的我安置在新竹，就怀着悲凄回到台北去，学校就开学了，她还得工作。

冬天来了，我蜷缩着。怀念妈妈的寂苦，我曾提起笔来写信给林教授，要他照顾妈妈。我告诉林教授，我是一个没有出息的女儿，不争气的身体使我倒在新竹。其实我倒健壮了，帮着美惠看学生的本子，缝制婴儿的衣服，不知不觉地把泪滴在上面。我想象着水源路下的木屋，林教授踏着冬日的夜雨，探望竹篱笆里的灯光，轻敲着小绿门。然后他和妈妈对坐灯下，谈论着陶渊明田园诗的风格，姜白石词琢句练字的功夫。林教授也会把法国的古诗篇《玫瑰故事》慢慢地讲给妈妈听，或者回忆抗战时高昂的士气，水木清华园中的风光。他们是同时代的人，会有无限的相同的感慨。或许林教授停止了语声，沉思着，妈妈到厨房去煮两杯热咖啡……

林教授曾给我回信来，要我好好养病，并且寄来了泰戈尔的《飞鸟集》，说随便什么时候翻开随便哪一页来诵读，都是使人安慰与平静的，他并没有说他是不是常看见妈妈。

寒假妈妈来新竹过年，美惠请教她如何剪裁婴儿的衣服，她苦笑地对美惠说，她对婴儿时期的我，亏欠许多，她不曾为她自己所生的孩子剪过一件衣服，那都由姥姥办理的。所以她拿起布来，不知从哪里下剪子。

妈妈悲怆的情绪好多了，我们三个人，妈、美惠和我，同心只为未来的婴儿。妈妈再回台北去，春天来了！

这是春天，又一个春风拂面薄如纱的日子。生命的蠢动发自我的身体，我很累。

前天，美惠带着学生到青草湖旅行去了，我早早起来为美惠准备野餐。走到屋后的小坡上去，找头一天丢落在那里的小书。天刚蒙蒙亮，我痴立了一会儿，右面的天空渐渐开朗了，呈现着淡玫瑰色。啊，想起我曾为一个女孩子讲过的那个水晶屏风的故事！那女孩子也曾把我的名字这样解释过，“夏天早晨的一朵小小云儿”。如今这些离开我很远很远了，远到不像是曾经发生过的事情，但是它却清晰地呈现在我的眼前。直到那玫瑰的云朵消失了，我才在冷露中醒转来。美惠已走了。

下午美惠回来，妈妈也意外地从台北来了，她气色很好，穿了新制的春装和细跟的美观大方的黑漆皮鞋。

美惠在洗头发，她满头的肥皂沫跑过来说：

“妈妈今天好漂亮！”

“是吗？”妈妈的笑有些妩媚，我从来没见过。

“这鞋子多少钱？”我问。

“二百八十块呢，贵不贵？”妈妈伸着脚比前比后的。

“妈也豁出去了，薪水去了三分之一！”

妈做了一个淘气的脸色，“可不是，明天要喝喜酒的缘故。”

“喝谁的喜酒？”我和美惠异口同声地问。

“林教授结婚。”妈极其自然地说，“美惠，我今天就是来告诉你们夫妇俩……”

“什么？”

“真的？”

我和美惠不等妈妈说完，都惊奇地喊起来。我浑身感觉凉而下沉。

“和谁结婚？我们怎么一点消息都没有？”美惠把头伸进脸盆里去。

“哪，你们应当都知道。”妈妈向我这边瞥了一眼，“就是我们办公室的那位周小姐，初中时教过你们历史的周老师呀！”

“周——老——师！”美惠不管洗发水灌到脖子里去，直起头来向我惊奇地瞪着眼，然后笑了，“小鱼儿，记得不记得，你在一张纸上只画了一个大鼻子？”

妈妈问：“那是什么意思？”

美惠笑说：“一张纸上画个鼻子，好大的脸呀，这不是您北平的俗话儿吗？”美惠笑得哈了腰。

妈妈说：“噢，你们原来是说她脸盘又大又圆是不是？现在她不像从前那样胖了，瘦多了，她的风度不是很好吗？她是一个好人，周小姐，身世好，受的教育好，三十几岁没结婚，又是位小姐，对于林教授真是最好不过的终身伴侣。”

妈妈一口气地说了这么一大套，仿佛在替谁辩护。美惠撅着嘴说：

“谁也没说不好呀！妈妈，是谁给介绍的？”

妈无所谓地回答说：“我！”随着就向我一瞥。

我正麻木地站在饭桌边，心中乱糟糟地想着妈妈的那封信，我不信妈妈是真的这么高兴。她不是说过：“……虽然有一天我接到您和别的女人结婚喜帖时，不无怅然！……自从接近了您以后，我早已感觉到我们是渐渐趋向情感之途……”啊，妈妈，是什么使您这样的？为了“一切都不如我和云儿的偎依更重要”吗？穿着从未穿过的漂亮衣服，展开强做的笑容，掩饰着心中最大的悲苦……我知道妈妈，我知道妈妈。

美惠是傻子，她还在频频地向妈妈询问林教授的情形，妈也把故事编织得很动人：

“……我一给介绍，双方都很愉快，在我家里见过几次面，就行了，因为双方都需要结婚的。看，周小姐福气不坏，马上，他们就要出国了……”

原来水源路下的小木屋中，冬夜清谈的，不是我所想象的只有两个人对坐！可能原来是两人对坐而谈的，妈妈又把心事讲一遍，才决定介绍周小姐给林教授。而他呢？答应妈妈，正是爱护妈妈。啊！妈妈我要奔向你的怀里哭！

昨天，妈妈和美惠、李新同去吃喜酒了，把我一个人留在这里。

我摸摸索索，百般无聊地过了昨天一天。吃了两餐医生叮嘱的淡然无味的饭，是因为脚部的浮肿。把拌了各种营养的粮食去喂那一群鸡子，母鸡带小鸡来啄食一阵，吃饱了就昂然举步，踌躇满志地又领着她的小儿女们走了。她真了不起，又厉害，又慈爱，在母翼下，那群小鸡是最安全的。

瓜棚下还挂着一只鸟笼，我要看看小黄米有没有被吃光。这对蓝天与绿草的琥珀鹦哥夫妇，近来相好得紧。记得天蓝色的他，独居笼中的时候，过着多么惬意的光棍生活，不久，美惠的学生给他捉来了一只同伴，草绿色的她，是一只美丽而泼辣的姑娘，她来到这里，就给了他一个下马威，把他头顶上漂亮的羽毛啄个精光，露出粉红色的嫩肉来。但是他不反抗，他知道痴心是经得起时间的考验的，他耐心地等待。后来他们和好了，不久她怀了孕，现在她已经在小屋中孵蛋了，娇得要死！一粒米，一口水，都得他口含了去喂她，他镇日地站在小屋外，像一个守卫兵。我一看他，他就眨眨眼不理我，仿佛神气地告诉我："我高兴这么无微不至地服侍她，不干你的事！"

我看了母鸡，看了小鸟，先是发出无言的微笑，但是继而想到人类，想到目前，便觉愁闷难遣了。爱情虽相同，但因为我们是人类，便复杂了。

昨晚李新一个人先回来，因为美惠和妈妈要在台北逛逛，再准备些婴儿用的东西，她们要等今天才回来。

李新回来后，给我讲讲他们简单的婚宴的情形，新婚夫妇如何春风满面地招待客人，新娘子的化妆和穿着是妈妈一个人张罗的，客人们都惊奇妈妈怎会有这么一手本事，因为新娘子的确在非常合宜的装饰下，漂亮多了。

"想当年妈妈也曾经是一个漂亮的姑娘呢！"我对李新说，回忆自爸爸死后她的疏懒于装扮的样子，拖着雨水的丝棉袍，满头夹子的头发，一直到前天，她才算恢复了一次本来的面目，她原是一个俏女郎呢！

李新听了我的话，也糊里糊涂地说："妈妈真了不起！"

李新因为今天一早就要去他工作的厂地调查什么，所以昨晚催我早些睡。

他在对面的房里已经鼾声大作了，我还守着窗子看月亮。

月上中天，美极了，这是暮春初夏的月亮，不像秋月那样清凉，或许是明天有风吧，月亮的边边是不清楚的。朦胧月，是不是这样子？我只知道这动人的词藻，却不知道它指的是什么。

很晚很晚，我才入睡，念着“千里共婵娟”这句话，只觉无限依恋，是恨还是爱？

近来莫名的伤感，常常袭击着我，我一直警告自己：我是坚强的，不是常常勉励自己吗？为什么还这样不能自持呢？听说怀孕的女人，都有这种莫名伤感的过程，但愿它不是我个人的病态。

今天我听着李新早起，我也吃力地早早起床。他说：“你睡你的，我走我的。”

“不。”我穿起肥大的晨衣去洗脸。

洗了脸回屋来，李新已经买来了热豆浆和烧饼油条。他坐下来吃着，也给我倒了一碗，并且挪开椅子，使我的笨重的身子坐下去。

平日美惠在家，我是要帮着美惠伺候这位户长的。把李新打发走了，才是美惠胡乱地吃一阵，抹抹嘴，提起书本，喊着：“打预备铃了，打预备铃了”，然后，骑上车子跑了。剩下来我，慢慢地吃，慢慢地整理。

今天反常了，原来李新也知道没有太太可倚赖时，自己会去买点心的，并且，我像个客人似的被招待了。

我坐下来，李新已经吃好了，他穿上衬衫，一边扣纽子，一边说：“不要紧吧，你一个人留在家里？”

“笑话！我哪天不是一个人呢？你们都去上班上课了。”

“不是，”他走到我的身边说，“因为妈妈说这一两天就要送你到医院去。”

我咬住嘴唇没再说什么。李新轻拍着我的肩头，说：“那我就去了，妈妈、美惠她们九十点钟就会回来的，你总不会在这一两个钟点有什么事吧？”他像一个淘气的哥哥似的说。

“去吧你！”我赶走他。

又是剩下我一个人了，我这才打开纸包里的一套烧饼油条来吃。

我有一口没一口地吃，不是为了饥饿，只是要消磨这个早上。我撕开烧饼，专拣里面的油条吃，油炸的味道很使我的胃口不舒服，我饱胀似地打了一个嗝，终于放下了。我把吃剩下的放在瓷盘子里，用包烧饼的报纸轻轻擦拭桌上的油渍。忽然，眼睛触及那张报纸上的字，使我心动了一下！我停住了，把已经团皱的报纸打开来，才发现这是什么杂志上的一页，哦，是《商工旬报》，翻过来再看看，醒目的标题上写着：“旭光纺织公司近况。”

旭光！金色大字被镶在有格子洞的金属板上的那间大楼的影子，立刻浮现在我脑际。毕竟它是我所熟悉的！

顺着那一行小标题一段段文字看下去，刚才所触及的字，现在发现了："驻日主任梁思敬转赴西德！"

我的心扑扑地跳着，接着看下面的特写：

本公司驻日梁思敬主任，已经奉命将赴西德就任新职。梁思敬主任年来在日的成就大有可观，使本公司业务在日本有了良好的基础。现董事会议决在欧洲开辟新市场，以西德为总枢，并一致认为西德主任的最佳人选，非梁氏莫属。现在梁主任已首途由日返国，向公司述职，并料理私务后，径赴德就任新职。并闻梁夫人何静娟女士（亦为本公司股东之一）及梁氏掌珠梁晶晶小姐暂不随梁氏赴德，因晶晶小姐在日勤习芭蕾舞，要待明春方毕业……

我看着这条新闻，紧紧地捏着桌上的一把钥匙，手都汗湿了。

我再翻回正面看这张报的出版日期，是前天的日子！

我有些不能自持了，要找一块更清静的地方平复我的心情。我走向后园外的小坡上去，这里的小天地常常是属于我一个人的，石墩已经被我坐得磨光了。

这时太阳还没有完全升上来，晨风吹着我的绸衣，轻柔地磨擦着我的肌肤，使我的心漾溢着一股暖流。仿佛我是置身在另一个梦境——四月里的小溪旁，伫立着一个苍白的少女，她是光了脚的，要试探溪水的温度，她撩起裙摆正把纤秀的脚伸到溪水里去。猛回头，他站立在身旁，向她点头微笑，他过来扶住她，轻轻地在她耳旁说什么，她没有听见，只觉得嘘出的气使她项颈发痒，但跟着他就把头埋在她的颈上深吻着。

又仿佛他们离开了小溪，是一座花园，凤凰木红花耀眼，他离开了她的身边，向她招着手，招着手，影子渐渐地缩小而消失，再回头，花园也变成一块空地……

我的头昏昏的，空地正在我的面前，我再远望去，上面是辽阔的天空，下面是无垠的稻浪，我只是天地间渺小而孱弱的一个。

他又返回台湾了，这是最真实的事情。他离得我很近，如果我到电话局去，拨上五个数目字，立刻就可以找到他。我们说些什么？他会不会说，我不能忍受对你的思念，所以回来了！到底他是为什么回来的？向公司述职以外还料理私务，这是多么引人发思的字眼儿啊！也许他会说，一切都成过去了，我明天就又离开台湾，到更远的地方去，什么都不必谈了吧！

于是明天他真的走了，倚在船栏上，向岸上欢送的人们招手，忽然他发现人群中有一个苍白的脸，她是不涂口红的，柔而长的头发披散在两肩。他不招手了，认真地看着痛苦的她，终于他忍心地离开船栏，消失在拥挤的乘客群里……

明天，谁能把握住明天？谁能把握住早晨那片玫瑰的云朵，不让她自天空消失？明天又是一天了！谁能知道明天的晓云会怎么样？谁又能告诉晓云，她该怎么样！

天空寂静，忽自远方响来火车的汽笛声，它像是痛苦的尖叫，也像是兴奋的口哨。全凭你自己去感觉，去想象。妈妈她们是不是坐这趟车回来？

太阳烧上来了，把手按在石墩上，滚烫的。

我很坚定，从小坡上下来，走回屋里来。也许是坐久了，腹部感到一阵阵的紧缩。

热极了，头冒着汗，走到化妆台前，对着镜子看，啊！两颊微红的！是早晨消失在天空的玫瑰云朵，飘移到我的脸上来了吗？

好像健康了，感觉到生命不是就此了结，而是永恒的。

外面门铃响了，让我来开门，迎接妈妈。

院子里，白芙蓉迎风摇曳，它早晨是纯白的，晚上就变红了，我顺手摘下一朵。蓝天上刚有一群鸽子飞过。

1959年12月在台北脱稿。